# Schicksal Kriegsenkel

## Das unerwünschte Erbe meiner Eltern

Günter Schäfer

AF208970

Der Inhalt dieses Buches ist in allen Teilen urheberrechtlich geschützt. Jede Verwertung außerhalb des Urheberrechtsgesetzes ist ohne ausdrückliche Genehmigung des Autors unzulässig und strafbar. Dies gilt sowohl für Vervielfältigungen, Übersetzungen, Verfilmungen, sowie für die Speicherung und Verarbeitung in elektronischen Systemen.

Alle Rechte vorbehalten.
© 2023 Günter Schäfer
Herstellung und Verlag:
BoD - Books on Demand, Norderstedt
ISBN: 9783757878450

Bis zu einem gewissen Zeitpunkt war ich der Meinung, dass es zwei Möglichkeiten gibt, mit einem Erbe umzugehen. Man freut sich darüber, etwas zu bekommen und nimmt in diesem Fall das Erbe gerne an. Sollte dieses allerdings nur aus Schulden bestehen, kann man es ablehnen, um unerwünschten Problemen von Anfang an aus dem Weg zu gehen. Inzwischen habe ich persönlich jedoch festgestellt, dass es noch einen dritten Weg gibt, um in den Besitz einer Hinterlassenschaft zu gelangen. Ein Erbe, das nicht abgelehnt werden kann, denn diese Frage stellt sich überhaupt nicht. Es wird dir ungefragt einfach aufgezwungen, ohne Wenn und Aber. Dabei geht es nicht um Materielles, nicht um Gut oder Geld. Es handelt sich vielmehr um von anderen Erlebtes, um unverarbeitete Emotionen, Traumata. Weitergegeben ohne zu fragen, ob man diesem Nachlass, dieser Bürde aus einer Zeit des Schreckens und des Terrors gewachsen ist.

Dies ist meine Geschichte, in der ich nach mehr als sechzig Jahren nicht nur feststellen musste, dass sich Geschehenes nicht mehr ändern oder gar rückgängig machen lässt, es manchmal nicht möglich ist zu verzeihen, solange man nicht verstehen kann. Dass man trotz manchem Verständnis nicht verzeihen kann, da man der Vergangenheit machtlos gegenübersteht und nur die eine Möglichkeit bleibt: Der Versuch, mit diesem Erbe umzugehen.

Dieses Buch soll weder Anklage, noch Schuldzuweisung sein und stellt auch kein politisches Statement dar, sondern dient der Aufarbeitung meines bisherigen Lebens. Einen genau passenden, zeitlichen Ablauf kann ich sicherlich nicht detailgetreu herstellen. Dafür hat sich über die Jahre zu viel zugetragen, um es zeitgerecht nacheinander sortieren zu können.

Schon oft in meinem Leben habe ich mich gefragt, warum ich so bin, wie ich bin? Immer wieder sehe ich mich in Alltagssituationen den ungläubigen Gesichtern von Bekannten oder Freunden gegenüber ausgesetzt, wenn es darum geht, dass ich mir nur schwer vorstellen kann, möglichst viel von unserer Welt zu sehen. Dabei geht es in erster Linie gar nicht einmal darum, dass ich kein Interesse daran habe, auch wenn ich das meinem Gegenüber meist so zu verstehen gebe. Dieses **kein Interesse haben** entspringt Wurzeln, die man seinen Mitmenschen nur schwer erklären kann, ohne gleich auf eine bestimmte Schiene geschoben zu werden.

Seit ich mich erinnern kann, leide ich unter Ängsten, deren Ursprung für mich bis vor Kurzem nicht auszumachen war. Man wacht auf, spürt eine Traurigkeit in sich, die nicht erklärbar ist. Man bricht in Tränen aus, grundlos, um den inneren Druck loszuwerden. Dies hilft, allerdings nur temporär. Es fällt mir in sehr vielen Situationen schwer, loszulassen, mich Neuem gegenüber aufgeschlossen zu zeigen, Unbekanntes auszuprobieren, oder das Verlangen mancher Menschen nachzuvollziehen, am liebsten die ganze Welt kennenlernen zu wollen. Vor circa einem Jahr entschloss ich mich letztendlich dazu, professionelle Hilfe in Anspruch zu nehmen, indem ich mich zu einer Psychotherapie anmeldete. Im Laufe der Therapiestunden wurde natürlich auch über Kindheit und Familie gesprochen. Ich erzählte meiner Therapeutin, dass meine Eltern aus Ostpreußen, beziehungsweise aus Schlesien stammen und gegen Ende des zweiten Weltkriegs aus ihren Heimatorten vertrieben wurden. Eine Überlegung von ihr war, dass meine Ängste möglicherweise auch im Zusammenhang mit der Flucht und Vertreibung meiner Eltern eine Rolle spielen könnten.

Im Gespräch mit einer Heilpraktikerin erwähnte ich unter anderem auch die Angst, mich länger oder weiter aus meiner gesicherten Umgebung herauszuwagen. Angst vor Abschied, vor Trennung, vor Unbekanntem. Aber auch das dadurch entstehende Schuldgefühl, Mitglieder in der Familie oder im Freundeskreis öfter vor den Kopf zu stoßen, wenn ich wieder einmal feststellen muss, dass ich mir gewisse Dinge oder Situationen beim besten Willen nicht vorstellen oder sie nicht mitmachen kann. Als ich dabei das Schicksal meiner Eltern erwähnte, stellte auch sie für mich einen möglichen Zusammenhang mit dieser Vergangenheit dar. Nachforschungen meinerseits über das Thema Trauma bei Heimatvertriebenen brachten so für mich das Schicksal der Kriegsenkel zutage. Ein Thema, das, wie ich inzwischen erkannt habe, schon seit langen Jahren immer wieder in der Gesellschaft und Wissenschaft diskutiert und erforscht wird, da es scheinbar unzählige Menschen gibt, die Ähnliches erlebten oder immer noch erleben. Nun bin ich weder Wissenschaftler, noch Therapeut oder Psychologe, um über transgenerationale Traumata, epigenetische Auswirkungen oder Fremdbestimmung zu sprechen. Jedoch habe ich meinen ganz persönlichen Lebensweg, sowie meine jetzige Lebenssituation hinterfragt, wonach ich inzwischen zu der Überzeugung gelangt bin: Auch ich bin ein Kriegsenkel und trage das Erbe meiner Eltern.

Eine Möglichkeit, dieses Erbe aufzuarbeiten ist, darüber zu schreiben. Aber jetzt stellte sich die Frage: Womit fange ich am besten an und wie kann ich dabei vermeiden, mich in Selbstmitleid zu verlieren? Meine Eltern über ihre Vergangenheit zu befragen, ist mir leider nicht mehr möglich, da beide bereits seit vielen Jahren verstorben sind. Es gab nur wenige Einzelheiten, die innerhalb der Familie in meiner Anwesenheit über die Zeit des Krieges und der Heimatvertreibung gesprochen wurde.

*Der Entschluss, dieses Buch zu beginnen, fiel am Karfreitag. Da war am frühen Morgen wieder dieser Traum, in dem ich meine Mutter sah. Ihr Gesichtsausdruck war am besten zu beschreiben mit verhärmt, vergrämt gezeichnet von Trauer, doch irgendwie auch hilfesuchend. Ich hatte Angst, fühlte mich überfordert und schrie sie an, mich endlich in Ruhe zu lassen. Ich wachte auf mit Tränen im Gesicht, außerstande, einen klaren Gedanken zu fassen. Der Vorschlag meiner Frau, das Grab meiner Eltern zu besuchen, brachte etwas Ablenkung, aber keine Besserung. Immer wieder fragte und frage ich mich: Was will sie von mir?*

Es gab nie ein inniges oder besonders enges Verhältnis zwischen meiner Mutter und mir.

Das mag einerseits daran liegen, dass sie mit der Erziehung von sechs Kindern überfordert war. Ich selbst bin der Fünfte von uns Geschwistern, wobei ich irgendwann erfahren habe, dass ich im Grunde genommen nicht mehr geplant war. Heute würde man dies wohl mit einer ungewollten Schwangerschaft vergleichen. Doch über Abtreibungen machte man sich damals keine Gedanken. Andererseits fehlte scheinbar das Bewusstsein für die Folgen. Man kannte es vielleicht auch nicht anders. Schließlich gab es ja fast vier Jahre nach mir einen weiteren Sohn in der Familie. Mein Vater sagte wohl einmal, dass man schon alle irgendwie durchkriegen würde.

Trotz dessen, dass es wohl ein Bekenntnis zum Leben war, ich dies damals sicherlich noch nicht richtig verstehen konnte, kommt es mir im Nachhinein manchmal wie Resignation vor. Vielleicht war es aber auch die Schule des Lebens, die ihn irgendwann zu dieser Auffassung kommen ließ, denn mein Vater war ein lediges Kind. Er war zwei Jahre alt, als seine Mutter seinen Stiefvater heiratete. Das war am 10.10.1920 in Szabienen, im Kreis Angerapp, circa zwanzig Kilometer entfernt von Christian-kehmen, dem Geburtsort meines Vaters. Heute verläuft zwischen diesen beiden Orten die Grenze zwischen Polen und der russischen Exklave Kaliningrad. Dort wurde der Heimatort meines Vaters laut einer Dorfchronik nach 1945 eingeebnet, es existiert wohl lediglich noch eine gepflasterte Dorfstraße. Die ehemals deutsche Bevölkerung wurde vertrieben. Von meiner Mutter selbst weiß ich lediglich, dass sie wohl auf einem Pferdegestüt gearbeitet hatte, als eines Tages Soldaten kamen, um die Tiere und alles Hab und Gut zu beschlagnah-men, den Hof und seine Bewohner in einem Alptraum mittellos zurückließen.

*Es sind zwar nicht immer Alpträume, die mich in vielen Nächten um so manche Stunde Schlaf bringen, doch oft stehen sie im Zusam-menhang mit dem Wort Heimat. Ein Begriff, der für mich zwanzig Jahre lang mit der Stadt Rain am Lech in Verbindung stand. Achtzehn Jahre davon konnte ich mir nicht vorstellen, diese irgendwann als meinen Wohnort gegen einen anderen einzutauschen. Siegmund Freud sagte ja einmal, dass Träume der Spiegel der*

Seele sind. Im Laufe dieser Geschichte wird deutlich, durch welche Umstände ich meinen einstigen Heimatort verlassen habe und ich mich an manchem Tag zurücksehnte.

# Die Schwabensiedlung

Die ersten Erinnerungen an meine Kindheit beginnen im Alter von drei oder vier Jahren. Es war der Tag, an dem ich in den Kindergarten gehen sollte. Doch schon beim Eintreffen stand für mich fest, dass dies mein erster und auch letzter Aufenthalt in diesem Gebäude werden sollte. Ein Grund dafür waren die mir fremd vorkommenden Klosterschwestern, die dort als Erzieherinnen beschäftigt waren. Sicherlich konnte ich dies in meinen jungen Jahren nicht objektiv beurteilen, sondern gab in diesem Moment lediglich meinen Empfindungen nach. Schwarz gekleidet, für mich weltfremde Namen, dazu viele Gesichter, die mir unbekannt waren.

*Mancher mag dieses Empfinden vielleicht als kindlichen Trotz oder auch als Unerfahrenheit bezeichnen. Für mich war es die erste bewusste Begegnung mit der Angst. Ich hätte es damals wohl nicht anders bezeichnen können. Die Angst, fremdbestimmt einfach weggegeben zu werden.*

Kein Schimpfen und kein Wettern brachte mich dazu, diesen Ort ein zweites Mal zu betreten. Also ging es zurück nach Hause. Dieses war eine von sechs Sozialwohnungen, die sich in einem Wohnblock befand. Von diesen Gebäuden gab es elf Stück, die heute noch, natürlich modernisiert, in der Preußenallee stehen. Schwabensiedlung, so nannte man diese Häuser, die damals noch dreistellige Hausnummern hatten. Unsere Wohnung lag im ersten Stock, verfügte über drei Zimmer, eine kleine Wohnküche und ein Bad mit Toilette. Im Kinderzimmer standen zwei Stockbetten und ein Einzelbett. Der Älteste von uns hatte sein eigenes Zimmer.

Die ersten Jahre meiner Kindheit verliefen relativ sorglos. In der Nachbarschaft lebten einige Familien, deren Nachname ebenfalls auf das Schicksal von Heimatvertriebenen schließen ließ und mit denen sich meine Eltern öfter einmal auch in einem Dialekt unterhielten, der für mich kaum verständlich war. Von den wenigen Ausnahmen mit kleineren Reibereien, die es wohl überall in solchen Wohngebieten gibt, verstanden sich die Menschen ansonsten gut. Wenn man den Kindern heute erzählt, dass früher der Kohlenhändler kam und das sogenannte schwarze Gold per Korb oder Jutesack in die Keller transportiert werden musste, stößt man oft auf erstaunte Gesichter. Es war auch diese Zeit, als hin und wieder ein kleiner Traktor mit Schleifscheibe und Lederriemen als Anbau durch die Gegend fuhr. Man erkannte am Ruf des Fahrers, dass er gekommen war, um den Menschen die Messer und Scheren zu schärfen. Die heutige Wegwerfgesellschaft lag zu dieser Zeit noch in weiter Ferne. Dort wo heute Mehrfamilienhäuser und Bungalows stehen, rannten wir früher durch die Felder und Wiesen, die heute beinahe allesamt verschwunden sind. Das Stroh auf den Feldern diente uns als Baumaterial für Verstecke, wodurch wir uns des Öfteren den Unmut des Bauern zugezogen haben, da er dieses im Anschluss wieder aufreihen musste. Da einer der kleinen Bauernhöfe nur zwei Straßen entfernt lag und die Menschen sich untereinander oft kannten, gab es beim Abendessen schon mal eine Rüge von Seiten der Eltern. Das hing meistens davon ab, wie der Tag bei ihnen verlaufen war. Einer dieser Abende ist heute noch immer präsent bei mir, da er sich doch nachhaltig auf eine meiner Essgewohnheiten auswirkte.

Es gab in den sechziger Jahren wohl so manche Familie, deren Kühlschrank nicht besonders üppig mit Fleisch- und Wurstwaren gefüllt war. Dies hatte jedoch im Vergleich zur heutigen Zeit nichts mit den verschiedenen Gesellschaftsproblemen zu tun. Man konnte es sich schlicht und einfach nicht leisten. Was allerdings an fast jedem Abend auf dem Tisch lag, waren zwei oder drei verschiedene Käsesorten. Nun wusste ich ja, dass verschiedene Lebensmittel verderben und einen fauligen Geruch annehmen, wenn sie zu lange gelagert werden und die Haltbarkeit überschritten ist. Für mich galt der Umstand: Käse ist faule Milch! Im Gegensatz zu mir und einigen meiner Geschwister liebten meine Eltern den berühmten, oder besser gesagt den berüchtigten Harzer Roller, der je nach Reifegrad einen intensiv würzigen bis penetranten Geruch sein Eigen nennt. Wir nannten ihn ganz einfach nur den Stinkekäse, da sich dieses *herzhafte Aroma* stets in der ganzen Wohnung verbreitete. Allein dieser Geruch nahm mir schon den Appetit auf die Brotzeit. An jenem besagten Abend stellte ich fest, dass kaum Wurst auf dem Tisch vorhanden war. Meine Mutter hatte mir ein Käsebrot, halbiert und zusammengeklappt, auf den Teller gepackt. Nachdem ich nur sehr zögerlich von diesem Brot kostete und wohl sehnsüchtig auf die wenige Wurst auf dem Teller blickte, bekam ich das zu hören, was wohl sehr viele Kinder in meinem Alter zu hören bekamen.

*Es war eines dieser ungeschriebenen Gesetze, dass alles aufgegessen werden musste, was auf dem Teller lag. Schließlich könnten wir ja nicht im Geringsten nachvollziehen was es hieß, Hunger zu leiden. Andere wären froh darüber, wenn sie überhaupt etwas zu essen bekämen und im Krieg hätte man sich von einer Portion Käse drei Tage lang über Wasser gehalten. Das Ende vom Lied war, dass ich mir das Käsebrot so gut es ging in den Mund stopfte, um anschließend auf der Toilette das komplette Abendessen dem Abfluss zu übergeben. Fortan begnügte ich mich alternativ mit einem Margarinebrot und überließ gerne die faule Milch dem Rest der Familie.*

Bis heute stehe ich mit Käse auf dem kulinarischen Kriegsfuß, wodurch mir nach Meinung verschiedener Mitmenschen oft ein intensives Geschmackserlebnis verwehrt bleibt. Dies gilt übrigens auch für die aus Omas Zeit bekannten Königsberger Klopse, die immer wieder einmal den Weg auf unseren Mittagstisch gefunden hatten. Doch der Geschmack von Kapern und Lorbeerblättern war für meine Geschmacksnerven alles andere als ein angenehmes Erlebnis. Ob es einen Zusammenhang damit gibt, dass ich bis weit über mein vierzigstes Lebensjahr hinaus gerade mal um die siebzig Kilogramm auf die Waage brachte, kann ich natürlich nicht nachvollziehen, jedoch auch nicht ausschließen. Heute würde sich wahrscheinlich kein Mensch mehr Gedanken für Speisevorlieben bzw. -abneigungen mehr machen. Jeder lebt nach seinem Empfinden und bekennt sich offen dafür. Wird deswegen nicht scheel angesehen, eher sogar mit Respekt behandelt. Das mich heute noch für meine Abneigung gegenüber Käse, das schlechte Gewissen plagt, sagt schon viel über die damaligen Erziehungsmethoden aus. Im Gespräch mit anderen wurde mir klar, in welch großem Maß hier ein jahrgangsübergreifender Leidensdruck ausgeübt worden ist.

Aber es gab in diesen Jahren auch schönere Augenblicke in der Preußenallee. An manchem Abend im Sommer saß unser Vater im Hof auf einem Hocker und spielte auf seiner Mundharmonika. Da dauerte es nicht lange, bis die Nachbarschaft zusammenkam und sich bei der einen oder anderen Flasche Bier über vergangene Zeiten unterhielt. Hätte ich damals schon gewusst, wie mich diese Vergangenheit eines Tages einholen würde, hätte ich wohl intensiver zugehört. So jedoch war es für uns nur einer dieser vergnüglichen und relativ sorglosen Abende, bevor ein neuer Lebensabschnitt beginnen sollte.

# Der Ernst des Lebens

Diese Freizeit, diese kindliche Freiheit, wurde für mich eines Tages jäh unterbrochen, als ich erfuhr, dass ich ab sofort in den Kindergarten gehen sollte. Es begann mit einem, wie man heute sagt, Schnuppertag. Doch bereits nach dem Betreten des Gebäudes, als uns eine Betreuerin in Empfang nahm, war mir das ganze Thema schon nicht geheuer. Der Kindergarten wurde zu dieser Zeit noch von Ordensschwestern geleitet. Schwarz gekleidet, mit entsprechend schwarz-weißer Haube, waren nur Gesicht und Hände zu erkennen. Auch die Namen, mit denen sie sich und ihre Mitschwestern vorstellte, kamen mir fremd und unwirklich vor. Wie lange ich es an diesem Tag dort aushielt, weiß ich nicht mehr. Doch schon beim Gang durch die Zimmer packte mich das Heimweh und ich war froh darüber, dass dieser Vormittag irgendwann vorbei war. Ich wusste, dass ich kein zweites Mal dorthin gehen würde.

*Soweit ich erfahren habe, besuchte keines meiner Geschwister diesen Kindergarten. Jedes*

*Kind reagiert natürlich anders auf eine Situation wie diese, doch heute bin ich davon überzeugt, dass es für mich Trennungs- und Verlustängste waren. Im Kreise der Familie zeigten sich, soweit ich mich erinnere, diese Symptome bei mir nicht. Psychotherapeuten oder Psychologen mögen dabei von fehlenden oder gestörten Abnabelungsprozessen, oder ganz einfach nur von einer Trotzreaktion sprechen. Für mich war es einfach nur die Angst vor dem Unbekannten, den immer neuen Eindrücken, denen ich gegenüberstand und mit welchen ich einfach nicht zurechtkam. Dazu zählt für mich auch das nachfolgende Erlebnis.*

Unsere Großeltern väterlicherseits wohnten damals in der Neuburger Straße in einer Doppelhaushälfte. Genau genommen waren es jedoch eher zwei kleine Wohnungen, identisch gebaut, bei denen es nur eine Wohnküche, ein Schlafzimmer und eine Diele im Eingangsbereich gab, in welcher auch ein großer Waschkessel stand. Darin wurde nicht nur mittels Waschbrett und Wäschestampfer die Kleidung gereinigt, er diente für uns Kinder auch als Badewanne, wenn wir uns dort aufhielten. Oben drüber befand sich der Dachboden und weiter nichts. Das Ganze war wohl einmal ein landwirtschaftliches Anwesen, denn es existierte auf dem Grundstück ein relativ großer Garten mit verschiedenen Obstbäumen, sowie eine alte Scheune mit allerlei Gerätschaften. Für uns Kinder war das natürlich ein hervorragender Spielplatz, an dem wir jede Menge Neues entdecken konnten. Wenn es uns möglich war, hielten wir uns also bei Oma und Opa auf

Toilette gab es selbstverständlich auch, nämlich ein kleines Holzhäuschen neben einer Abwassergrube. Ob die Türe jetzt ein Herz oder nur ein ganz normales Guckloch enthielt, weiß ich heute leider nicht mehr. Nur so viel, dass man in den ersten und letzten Monaten des Jahres darauf achtete, nicht zu oft aufs Klo zu müssen, denn damals gab es noch richtig strenge Winter. Kurz gesagt: Auf diesem Häuschen war es zu dieser Jahreszeit saukalt. Es gibt also nicht nur angenehme Erinnerungen an diese Zeit, in der ich auch meine erste Erfahrung damit machte, dass das Leben nicht unendlich ist. Meine Großmutter nahm mich eines Tages an der Hand, ging mit mir in ihre kleine Schlafkammer und meinte, dass ich mich von Opa verabschieden sollte. Ich kann nicht einmal mit Gewissheit sagen, ob er zu diesem Zeitpunkt noch lebte. Es war das letzte Mal, dass ich meinen Großvater gesehen hatte. Er starb am 08. Dezember 1966. Ich kann mich weder an eine Beerdigung, noch an sonst ein Ereignis in diesem Zusammenhang erinnern. Die einzige Folge, die ich davon mitbekam war, dass meine Schwester einige Zeit später zu unserer Großmutter zog, damit diese nicht alleine in ihrem Haus bleiben musste.

Im Sommer 1967, nach den damaligen Schulferien, war es letztendlich auch für mich soweit. Der Ernst des Lebens, die Schulzeit begann. Einschränkung der bis dahin unbegrenzten Freizeit. Früh aufstehen, Verpflichtungen, Ordnung halten, Anstand und gutes Benehmen erfahren. Einerseits grauenvolle Erwartungen, andererseits Neugierde, was da wohl auf einen zukommen mag. Zunächst einmal bedeutete es für mich, dass andere Menschen, abgesehen von der Familie, über einen großen Teil meines Alltags bestimmen würden. Vorschriften waren einzuhalten, bestimmte Abläufe zu lernen.

Die ersten Schritte auf dem Weg in ein später wohl selbstständiges Leben zu gehen. Lesen, schreiben, rechnen und was sonst in dieser Zeit für wichtig erachtet wurde. Es gab natürlich ganz andere Prioritäten, als man sie heutzutage kennt. Die Lehrkräfte strahlten Autorität aus, waren in mancherlei Hinsicht noch Respektspersonen. Sie wurden je nach Situation geachtet und bewundert, oder gefürchtet und verflucht.

*Heute kann ich allerdings nachvollziehen, dass sie als Generation der Kriegskinder oft nicht anders handeln wollten oder konnten, da sie es selbst so erfahren mussten und deshalb wohl auch für richtig hielten, diese Lern- und Erziehungsmaßnahmen so an uns weiterzugeben.*

Das Gebäude, in dem meine Schulzeit begann, steht noch heute auf dem Gelände neben dem Schloss in Rain am Lech. Die damalige Knabenschule ist natürlich schon seit langen Jahren renoviert und anderweitig genutzt. Ich erinnere mich noch genau an die alten Holztreppen und Aufputz verlegten elektrischen Leitungen mit Drehschaltern, um das

Licht an- bzw. auszuschalten. In den Toiletten gab es Klobrillen aus Holz und Wasserspülkästen, die ein ganzes Stück oberhalb an der Wand angebracht waren. An diesen befand sich eine Zugkette mit Holzgriff, um damit die Spülung zu betätigen. Wir machten uns einen Spaß daraus, diese öfter als unbedingt notwendig zu entleeren. Dieser Spaß endete allerdings ziemlich rasch, wenn wir dabei erwischt wurden. Schmerzen am Ohrläppchen waren dabei meist unabdingbar.

Das kleine Wohnhaus unseres damaligen Klassenlehrers stand direkt neben dem Schulgebäude. Wenn ich heute an die Zeit zurückdenke, sehe ich ihn noch den kurzen Weg zur Haustüre gehen. Er war ein Mann im schon fortgeschrittenen Alter mit weißem, bereits lichtem Haar. Sollte ich ihn charakterisieren, würde ich sagen: streng, aber gerecht. Allzu lange unterrichtete er uns aber nicht, er fiel wohl wegen Krankheit aus. Mein Zwischenzeugnis ist noch von ihm unterschrieben, das Jahresabschlusszeugnis bereits nicht mehr. Als Vertreterin steht dort der Name einer Lehrerin, die wir in der dritten Klasse wiedersehen sollten. An diese Frau habe ich noch Erinnerungen, die zu dieser Zeit bei älteren Lehrkräften wohl typisch waren für Ihre Auffassung von Erziehung. So mancher in den 60er Jahren Geborene, wird wohl ähnliche Erfahrungen gemacht haben. Die zweite Klasse verlief für mich relativ ereignislos. Im dritten Schuljahr befand sich unser Klassenzimmer im ersten Stock des Rainer Schlosses. Eine schmale Treppe mit knarrenden Holzstufen führte hinauf zu den Klassenräumen. An irgendetwas herrschaftliches in diesem Schloss kann ich mich nicht erinnern, abgesehen von unserer Klassenlehrerin. Wie viele Stunden über den normalen Unterricht hinaus einige meiner Klassenkameraden und ich in diesem Schuljahr dort mit ihr verbringen durfte, habe ich nie gezählt. Zuhause wurde es doch recht zweifelhaft aufgenommen, dass ich so oft Tafeldienst zu machen hatte. Da ich allerdings nicht der einzige war, dem diese Ehre zuteilwurde, die Eltern sich ja auch mal miteinander unterhielten, war der Ärger natürlich vorprogrammiert. Spätestens beim Elternabend kam das Thema zur Sprache. Dabei gab es von deren Seite wohl auch keine Bedenken, was die Erziehungsmaßnahmen der Lehrerin anbelangte. Wer im Unterricht nicht aufpasste, mit dem Nachbarn schwätzte oder eine unpassende Bemerkung losließ, bekam die entsprechenden Konsequenzen zu spüren. Wir durften im Schlosshof, von einem der dort wachsenden Sträucher, eine entsprechende Rute holen, die im Anschluss Bekanntschaft mit unseren Fingern machte. Man lernte mit der Zeit, dass es besser war, die Klappe zu halten und darauf zu hoffen, dass das Schuljahr möglichst schnell zu Ende ging, damit wir diese verhasste Dame nicht mehr länger ertragen mussten. Wenn ich heute ab und zu einmal meine Grundschulzeugnisse durchsehe, war jenes aus der dritten Klasse das schlechteste meiner gesamten Schulzeit.

Das vierte Schuljahr erschien uns in dieser Hinsicht zunächst wie eine Erlösung, denn die neue Grundschule in der Preußenallee wurde im Jahr 1970 endlich bezugsfertig. Für einige von uns bedeutete das, dass wir ab sofort von zuhause aus nur noch ein paar Meter quer über die Straße mussten. Doch so neu das Gebäude auch war, die Lehrkräfte waren nach wie vor vom alten Schlag, des Öfteren auch im wahrsten Sinne des Wortes. Graues Haar, streng zurückgekämmt und stets mit einem Gehstock unterwegs, der das Markenzeichen des damaligen Schulleiters und gleichzeitig unseres Klassenlehrers darstellte. Diesen benötigte er, damit er sich mit seinem Holzbein mehr oder weniger gut fortbewegen konnte. Ob er sein Bein im Krieg verloren hatte, dessen bin ich mir nicht mehr sicher. Seine Art und Weise uns schulisch zu erziehen, notfalls auch mit Ohrfeigen, lässt mit heutigem Rückblick allerdings darauf schließen, dass auch ihm in seiner Vergangenheit Zucht und Ordnung beigebracht wurde. Diese an uns weiterzugeben, war die eine Seite der Medaille. Dass es zuhause jedoch, in erster Linie von meiner Mutter auch noch gutgeheißen wurde, zeugte schon damals davon, dass sie in einer Zeit großgeworden waren, die es besser niemals gegeben hätte.

*Man kann nachlesen, dass das Wort **erziehen** aus dem althochdeutschen stammt und so viel wie **herausziehen, aufziehen** oder **großziehen** bedeutet. Für mich persönlich standen diese Worte, jemanden **ordentlich** zu **erziehen,*** *eher gleichbedeutend mit **Ordnung** und **Zucht**. Diese beiden Begriffe stellten im Zusammenhang mit einem dritten, nämlich **Gehorsam**, scheinbar eine Grundlage der Erziehung für viele Menschen in der ersten Hälfte des 20. Jahrhunderts dar. Sicher gab es in vielen Familien der Nachkriegszeit keine Kenntnis darüber, seine Kinder mit Verständnis und Nachsichtigkeit zu erziehen bzw. erziehen zu lassen. Lehrkräfte, die selbst nichts anderes als Zucht und Ordnung beigebracht bekamen, wussten auch nicht, wie sie ihre Erfahrungen auf andere Art und Weise vermitteln sollten.*

Erkenntnisse, aus dieser Zeit die entsprechenden Lehren zu ziehen, kamen erst später auf. Und da Lehrkräfte in diesen Jahren in einer breiten Bevölkerungsschicht als Vorbild angesehen waren, gab es nur wenige, die sich nicht mit deren Erziehungsstil abgefunden haben. Da bekamen wir die bekannten Sätze wie „Du wirst es schon verdient haben", oder „Wer nicht hören will, muss fühlen", mehr als nur einmal vorgehalten. So muss man also im Nachhinein auch nicht verwundert darüber sein, dass es in kinderreichen Familien immer wieder zu Geschehnissen kam, die manche Mutter oder manchen Vater, aus heutiger Sicht betrachtet, ins Gefängnis gebracht hätte. Mein negativstes Erlebnis in dieser Hinsicht konnte ich damals im Alter von neun oder zehn Jahren machen. Von unserem Kinderzimmer aus hatte man den direkten Blick auf das neu erbaute Hallenbad, das nur ein Jahr nach Eröffnung der Schule in Betrieb genommen wurde. Das Bad selbst war zu diesem Zeitpunkt weniger interessant für mich, hatte es uns Kindern zu Bauzeiten doch schon einen gehörigen Schrecken verpasst. Neugierig wie man in diesem Alter nun mal war, hatten wir uns öfter als erlaubt innerhalb des Rohbaus aufgehalten. So etwas stellte in unserer Kindheit einen regelrechten Abenteuerspielplatz dar und zog somit unsere volle Aufmerksamkeit auf sich. Und eben genau bei diesen Abenteuerspielen stürzte einer von uns in das vorgesehene Schwimmbecken, das circa drei Meter tief war. Starr vor Schreck standen wir am oberen Rand und erkannten, dass sich unser Spielkamerad halb weinend, halb lachend aufrappelte, wobei wir unseren Augen nicht trauten. In seiner Stirn stecke ein Nagel, der ihn aussehen ließ wie ein kleines

Monster. Voller Panik holten wir Hilfe, sahen wenig später dabei zu, wie unser Freund auf einer Trage von zwei Sanitätern in den zwischenzeitlich angekommenen Krankenwagen geschoben wurde. Was wir alle nicht glauben konnten war die Tatsache, dass wir nicht allzu lange darauf erfuhren, dass dieser Unfall nicht nur glimpflich ausgegangen war, sondern beinahe an ein Wunder grenzte. Der Nagel war glücklicherweise so in den Kopf eingedrungen, dass er keinerlei großen Schaden anrichtete. Lediglich eine kleine blutende Wunde, Kopfschmerzen und eine Lehre fürs Leben waren die Folgen aus diesem Abenteuer.

Dass dieses Hallenbad aber, oder vielmehr die Baustelle dahinter, für mich und ein paar Nachbarsjungen noch ein unerfreuliches Erlebnis bringen sollte, ahnten wir zu diesem Zeitpunkt noch nicht. Dieser besagte Tag hielt für mich zunächst ein wirklich erfreuliches Ereignis bereit. Eine fast neue Bluejeans, die für meine Schwester etwas zu klein geraten war, fand in mir einen dankbaren Abnehmer. Zu dieser Zeit war es ja nicht selbstverständlich, dass man so einfach ohne einen bestimmten Grund oder

Anlass neue Klamotten bekam. Zuerst wurde immer darauf geachtet, dass man die mit der Zeit zu klein geratenen Sachen der älteren Geschwister auftrug. Umso stolzer war ich, dass es diesmal für mich etwas beinahe Ungetragenes gab. Trotz aller Ermahnungen zog ich die Jeans an diesem Nachmittag nicht mehr aus. Meine Freunde sollten schließlich sehen, dass ich so ein Teil bekommen hatte. Besser wäre es in aller Euphorie für mich allerdings gewesen, etwas achtsamer mit meinem unverhofften Geschenk umzugehen und die großen Erdhaufen hinter dem Hallenbad zu meiden. Da wir dort an einer Stelle zu graben begonnen hatten, um uns ein Lager zu bauen, blieb es natürlich nicht aus, dass meine neue Hose nach kurzer Zeit nicht mehr als solche wiederzuerkennen war.

Nachdem es inzwischen dämmerte und nicht mehr lange bis zum Abendessen dauerte, wurde uns nun doch etwas flau im Magen. Ich wusste, dass die Eltern meines Schulkameraden nicht weniger streng waren als meine eigenen und nun war guter Rat teuer. Da es sich bei den Verschmutzungen unserer Hosen ja

**nur** um Erde handelte, kam mir die großartige Idee, das Thema mit einer Wurzelbürste zu beseitigen. Wir beide schlichen uns also zur Wohnungstüre und ich schloss diese leise und vorsichtig auf. Nur nicht erwischen lassen. Die Schublade des Schuhkastens in der Diele langsam aufgezogen, die Wurzelbürste entnommen und Wohnungstüre wieder leise geschlossen. Anschließend zwei Etagen höher auf den Dachboden, um unsere grandiose Idee in die Tat umzusetzen. Die leidvolle Erfahrung, die wir beide dabei machen durften bestand darin zu erkennen, dass man feuchte Erde auf einem Kleidungsstück besser niemals mit einer Bürste behandeln sollte, es sei denn, man legte Wert darauf, eine gehörige Tracht Prügel zu erhalten. Niedergeschlagen stellten wir fest, dass wir um eine entsprechende Beichte daheim nicht herumkommen würden. Also ab in die Höhle des Löwen, ein Abendessen würde uns schon dafür entschädigen.

Als ich mich leise ins Bad geschlichen hatte, um die versaute Hose zu verstecken, ahnte ich schon nichts Gutes. Den Gesichtsausdruck meiner Mutter, als ich wie ein begossener Pudel in der Küche stand, werde ich wohl niemals in meinem Leben vergessen. Nachdem sie nur kurz darauf mit besagter Hose aus dem Bad zurückgekommen war, hatte sie nicht nur diese in den Händen. In ihrer Rechten hielt sie einen großen Kochlöffel, der ansonsten zum Einweichen der Wäsche diente. So wie sie dort stand, war mir sofort bewusst, dass sie damit allerdings nicht meine schmutzige Jeans säubern wollte. Viele kennen möglicherweise dieses Gefühl, wenn es einem heiß und kalt den Rücken hinunterläuft, sich der Magen umdrehen und nach oben oder unten entleeren möchte.

Wenn ich an diesen besagten Abend zurückdenke, kann ich noch heute den Griff meiner Mutter an meinen Arm spüren, mit dem sie mich herumdrehte, bevor dieser Kochlöffel, der in meinen Augen immer größer zu werden schien, auf meinem Hinterteil einschlug. In der Hoffnung, dass die Strafe nach drei vier Schlägen überstanden sei, zählte ich leidvoll mit. Trotz Weinen und Betteln war ich bereits bei elf Schlägen angelangt, als mit einem lauten Knacks der hölzerne Stiel zerbrach und die Erziehungsmaßnahme dadurch beendet wurde.

Wer damals außer meiner Mutter und mir noch in der Wohnküche anwesend war, weiß ich heute nicht mehr. Nur, dass es abgesehen von meinem Weinen mucksmäuschenstill war. Ich sah den kaputten Kochlöffel in ihrer Hand und hoffte, dass es nun endlich vorbei wäre. Dass sie, auf welche Art auch immer, nicht mehr weiterschlagen würde. Ich sah sie angstvoll an und konnte den Ausdruck in ihren Augen in diesem Moment nicht deuten. War es Wut, Enttäuschung, Zorn, oder was auch immer.

*Manchmal denke ich mir heute, dass sie vielleicht auch nur erschrocken über sich selbst und ihre mir gegenüber so heftige Reaktion war. Heute weiß ich, man hätte als Außenstehender Verständnis zeigen, oder auch Mitleid haben können. Ich fühlte mich in diesem Moment nur klein, hilflos, aber irgendwie auch schuldbewusst. Schuldbewusst dahingehend, dass ich in meinen Augen etwas getan hatte, das meine Mutter zu diesem, aus heutiger Sicht total überzogenem Handeln provozierte. Hilflos, weil ich nicht wusste, wie ich mich ab diesem Zeitpunkt ihr gegenüber verhalten sollte, um eine solche Tracht Prügel zukünftig nicht noch einmal heraufzubeschwören.*

Welcher Umstand meine Mutter damals dazu brachte, wegen einer verschmutzten Jeans in meinen Augen so extrem zu reagieren, darüber kann ich nur spekulieren. Sicherlich spielte ihre eigene Erziehung dabei eine Rolle. 1928 im damals schlesischen Schleibitz geboren, aufgewachsen mit vier Geschwistern, war in der Zeit des zweiten Weltkrieges die Kinder- und Jugendzeit wohl kein Zuckerschlecken. Zu den Großeltern mütterlicherseits hatte ich so gut wie keinen Kontakt. Man sah sich zu vereinzelten Familienfesten, an die ich mich selbst jedoch kaum erinnern kann. Aus Erzählungen habe ich erfahren, dass die beiden wohl strenge Eltern waren, was vermutlich auf sehr viele Erwachsene aus der damaligen Zeit zutrifft. Sätze wie „ihr wisst ja gar nicht, wie gut ihr es heute habt", oder „seid froh, dass ihr diese Zeiten nicht miterleben musstet", habe ich oft genug von meiner Mutter zu hören bekommen.

Ähnliche Reaktionen riefen früher auch die in unserer Gegend stattfindenden Manöver der Bundeswehr mit anderen Streitkräften hervor. Wir Kinder warteten ganz aufgeregt am Straßenrand, sobald das donnernde Rollen der Panzer schon von Weitem zu hören war. Wir spürten das Vibrieren des Asphalts unter unseren Füßen, wenn die Kettenfahrzeuge durch die Preußenallee rollten und wir jubelten und winkten den Soldaten zu, die uns von oben ihre Kaugummis, Zigaretten oder Teile ihrer Manöververpflegung zuwarfen.

*Heute kann ich mir gut vorstellen, dass die Kriegskinder durch diese Manöver an eine Zeit erinnert wurden, die sie besser nie erlebt hätten, aber wohl niemals vergessen würden.*

Details darüber gab es nicht zu hören, jedenfalls kann ich mich nicht daran erinnern. Entweder wurde es totgeschwiegen, was auf Grund des Erlebten sicherlich nachvollziehbar ist, oder es gab nur ab und zu ein paar wenige Sätze, die ich aufgeschnappt habe. Verinnerlicht oder gar verstanden habe ich es nicht.

Über die Tragweite dessen, was zu dieser Zeit passierte, was die Menschen **er**leben und **womit** sie leben mussten, erfuhr man zum Teil

36

erst in den oberen Schulklassen im Geschichtsunterricht. Eine ganze Reihe von Schwarzweißfilmen mit Panzern, die ganze Ortschaften in Schutt und Asche legten, massenweise Tote und immer wieder kilometerlange Schlangen mit Menschen, die auf der Flucht waren, oder aus ihren Heimatorten vertrieben wurden.

*Diese Szenen habe ich manchmal vor Augen, wenn Medien über Den Krieg in der Ukraine berichten. Wenn Menschenschlangen gezeigt werden, die mit Fahrzeugen oder gar zu Fuß auf der Suche nach Schutz aus ihrer vermeintlich sicheren Heimat fliehen müssen.*

Man konnte sich auch nicht nur ansatzweise vorstellen, was dies für die Betroffenen bedeutet haben musste. Irgendwohin, ohne Perspektive, in eine ungewisse Zukunft. Auch meine Mutter kam mit ihren Eltern schließlich bis nach Bayern, in ein kleines Dorf bei Neuburg der Donau. Vor einigen Wochen erst habe ich diesen Ort besucht, in der Hoffnung, noch irgendjemanden zu finden, der mir über diese Zeit noch etwas erzählen könnte. Auf Hinweis einer Einwohnerin suchte ich eine ältere Dame auf, die mit ihren Kindern auf einem Hof lebt.

Als ich den Namen meiner Großeltern erwähnte, musste sie nur kurz nachdenken. Direkten Kontakt hätte sie nicht zu ihnen gehabt, doch wusste sie, dass sie nach ihrer Ankunft im Armenhaus untergebracht waren, bevor sie schließlich eines Tages nach Neuburg an der Donau gezogen sind, da es dort wohl eine passende Unterkunft gab. Meine Mutter selbst blieb damals in diesem kleinen Dorf, sie hatte Arbeit auf einem Bauernhof gefunden. Dies weiß ich aus Erzählungen von zuhause, da über diese Zeit nach der Vertreibung öfter und auch offener gesprochen wurde. Die Gebäude des landwirtschaftlichen Anwesens stehen heute noch, sind aber verfallen. Als ich das bröckelnde Mauerwerk mit den halbrunden Fensterlöchern unter dem Dachvorsprung betrachtete, kam es mir vor wie der fleischlose Kopf eines Skeletts, das man als Überbleibsel einer bedrückenden Zeit vergessen hatte. Auch der Hof, auf dem mein Vater gearbeitet hatte, existiert noch. Das alte Ehepaar, jetzt in einem Austragshaus wohnhaft, steht jedoch wegen Altersdemenz unter Betreuung und konnte mir somit auch keine Auskünfte mehr geben.

# Das fünfte Schuljahr

Nach der vierten Klasse freuten wir uns schon darauf, die folgenden Schuljahre im neuen Schulzentrum in der Kraftwerkstraße zu verbringen. Allerdings waren die Baumaßnahmen noch nicht soweit, sodass man Platzprobleme bekam. In die alte Knabenschule konnten wir nicht zurück, da das Gebäude für die Realschüler gebraucht wurde, die ebenfalls im neuen Schulzentrum untergebracht werden sollten. Zunächst schien guter Rat teuer, jedoch fand man eine Alternative, welche die fünfte Klasse für mich zunächst zum Horrorszenario gestaltete.

Wir wurden für ein Jahr in der fünf Kilometer entfernten Schule in Genderkingen untergebracht. Dies bedeutete, dass wir täglich mit dem Schulbus fahren mussten. Für die meisten Kinder unter uns absolut kein Drama, für mich bedeutete dies allerdings eine totale Umstellung. Weg von daheim. Abhängig von anderen. Busfahren gestaltete sich für mich zu einer regelrechten Gratwanderung. Da es ja nicht nur eine Schulklasse war, die nach Genderkingen ausgelagert werden musste, war der Bus manchmal ganz schön voll. Anfangs hatte ich immer das Gefühl, nachdem sich die Türen geschlossen hatten und der Bus sich in Bewegung setzte, dass ich mich eingepfercht fühlte. Die Busse von damals waren ja nicht mit den modernen Fahrzeugen von heute zu vergleichen.

Nachdem danach auch noch feststand, welchen Klassenlehrer wir bekommen sollten, war dieses Jahr für mich schon zum Scheitern verurteilt. So blieben mir aus diesem Schuljahr lediglich zwei Ereignisse in Erinnerung.

Dabei ging es einerseits um eine Klassen-Tagesfahrt, die uns an den Chiemsee führte, wobei dies bei mir schon von Vornherein nicht nur Kopfzerbrechen, sondern auch Magenschmerzen verursachte. Es ging wieder einmal darum, aus der gewohnten Umgebung herauszukommen, besser gesagt, heraus zu müssen. Mehr oder weniger kreidebleich ertrug ich die Fahrt mit dem Bus, bis wir letztendlich am Olympiagelände in München eine Pause einlegen mussten. Es war wie die verlängerte Fortsetzung des täglichen Pendelns mit dem Bus zur

Schule nur eben viel schlimmer, da die Bus-
fahrt wesentlich länger dauerte. Natürlich hatten wir alle einen Sitzplatz, jedoch waren die
Straßen nicht so ausgebaut und eine Kurve
ging oft in die andere über. Dazu noch der Mief
einer ganzen Klasse und schlechte Lüftungs-
möglichkeiten, ließen die Fahrt für mich zur
Herausforderung werden. Zum Glück war ich
nicht der Einzige, der von Übelkeit und Verdau-
ungsproblemen betroffen war, sodass ich mich
in meiner negativen Stimmung über diesen Tag
zunehmend bestätigt sah. Meine Stimmung
besserte sich zusehends, als wir uns nach der
Bootsfahrt auf dem See langsam wieder auf
den Nachhauseweg machen konnten.

Das zweite Ereignis stand unter dem Motto:
zur falschen Zeit am falschen Ort. Dabei ging es
um eine kleine Rauferei in der Pause, wie sie in
jeder Schule immer wieder vorkam und auch
heute noch vorkommt. Den Auslöser dafür
weiß ich nicht mehr, jedoch wollte ich diesen
Streit schlichten und mischte mich so in selbi-
gen ein. Dass unser Lehrer genau in diesem
Moment den Pausenhof betrat, sehe ich heut
mal als Ironie des Schicksals an, denn ich wurde

von ihm als Verursacher dieser kleinen Auseinandersetzung ausgemacht und kassierte somit die in seinen Augen gerechtfertigte Ohrfeige. Aufbegehren war in dieser Zeit keine Option, so etwas wurde schon von Zuhause aus im Keim erstickt und hätte die Folgen wohl noch unangenehmer ausfallen lassen. Allerdings schwor ich mir in diesem Moment, dass ich mich nie wieder in eine Situation begeben würde, die für mich eine Bestrafung in dieser Richtung zur Folge hätte. Ich weiß noch genau, dass ich mich mit diesem Entschluss vor meinen Lehrer stellte, der wohl auf eine körperliche Reaktion meinerseits gewartet hatte, die verständlicherweise jedoch ausblieb. Dass sich dadurch das Verhältnis zwischen ihm und mir keinesfalls positiv entwickelte, kann sich wohl jeder vorstellen. Bestätigt wurde mir dies durch mein Zwischen- und letztendlich auch mein Jahresabschlusszeugnis. Die entsprechenden Bemerkungen, die zu dieser Zeit noch üblich waren, sorgten somit auch nicht gerade für ein verbessertes Verhältnis zu meinen Eltern. Besonders bei meiner Mutter hatte ich öfter das Gefühl, dass sie die Wirkungsweise ihrer Erziehung **an**zweifelte, beziehungsweise an den Ergebnissen **ver**zweifelte. Hätte wir damals schon Taschengeld bekommen, wäre meines mit Sicherheit für den Rest des Jahres ausgesetzt worden.

Das Thema Geld war in unserer kinderreichen Familie ja auch immer so ein Thema. Ich hatte stets das Gefühl, dass meine Mutter mit aller Macht versuchte, an das große Glück zu kommen. Sämtliche Zeitschriften, in denen es irgendein Gewinnspiel gab, wurden auf den Tisch gelegt, damit unser Vater die verschiedensten Rätsel lösen konnte. Sie hatte ihm sogar ein Rätsellexikon besorgt, damit es ihm leichter fiel, an die entsprechenden Lösungen zu kommen. Wobei er das oft gar nicht nötig hatte, denn er war im Lösen dieser Aufgaben schon beinahe ein Profi. Zu mehr als dem einen oder anderen Trostpreis hat es meines Wissens allerdings nie gereicht. Hätte sie das Porto für die Briefmarken und Postkarten gespart, wäre sicherlich zwischendurch mal ein kleines Extra drin gewesen. Einmal jedoch war ihr das Glück hold, wenn auch nur in abgespeckter Form. Da hatte sich ihre Hartnäckigkeit beim Lottospiel ausgezahlt, wenn man die vielen Gebühren über die Jahre mal außen vorlässt. Fünf richtige Gewinnzahlen ergaben damals einige tausend Mark, über die sie sich einerseits sehr freute. Allerdings erst, nachdem sie sich geärgert hatte, dass es nicht noch eine richtige Zahl mehr auf ihrem Spielschein gab. Irgendwie war sie immer unzufrieden mit dem, was sie erreicht hatte. Es war allerdings so, dass keiner aus der Nachbarschaft sonderlich betucht war. Ich erinnere mich noch gut daran, dass ich während der Bauphase des neuen Schulzentrums immer wieder einmal mit den Eltern dorthin gehen musste, um von der Baustelle das nicht verwertbare Holz aufzusammeln und als Brennholz im Keller einzulagern.

*Es war schon ein seltsames Gefühl, dass man sich im Gegensatz zu anderen Familien nicht genügend Brennholz leisten konnte, um über den Winter zu kommen. Darüber gesprochen wurde kaum bis gar nicht.*

Kaufen war kaum möglich, dafür reichten unsere finanziellen Mittel nicht. Unser Vater war quasi Alleinverdiener. Er war als Maschinenführer bei einem Drainagerohrhersteller beschäftigt. Unsere Mutter hatte zwar zwei

Putzstellen nebenbei, der Großteil davon ging jedoch für ihr „Hobby", das Lottospielen drauf. Taschengeld war für uns ein Fremdwort, was bei sechs Kindern allerdings auch nicht weiter verwunderlich war. Den Satz: von nichts kommt nichts, bekam man öfter zu hören, als einem lieb war. Also wurden wir mehr oder weniger dazu angehalten, unser Scherflein beim Austragen von Zeitschriften beizutragen, was letztendlich für mich auch okay war. So hatte ich auch immer den exklusiven Zugriff auf die neueste BRAVO, was in der Schule und im Freundeskreis schon mal den einen oder anderen Vorteil brachte. Wobei ab einer gewissen Altersgrenze Zeitungen wie QUICK, Neue Revue oder Praline auch nicht zu verachten waren. So lernte man gewisse Dinge über das eigene und auch das andere Geschlecht kennen, sowie jede Menge interessante Einzelheiten über das zwischenmenschliche Beisammensein. Die Neugier darüber blieb ja nicht außen vor. Vom Zeitalter des Internets hatte man ja noch keine Ahnung. Dabei war sowieso alles, was unterhalb der Gürtellinie lag, immer ein Tabuthema. Das war einfach da und den Rest würde man schon in der Schule erfahren. Dass sich diese Generation allerdings in ihrer versteckten Neugier, aber auch in ihrer teils schamhaften Scheinheiligkeit mehr für die Sexualität interessierten als sie zuzugeben bereit waren, konnte ich einige Jahre später erleben.

# Da fehlt doch was

Etwas, das mir in all den Jahren meiner Kindheit nie so richtig bewusst geworden war, dass wir eines Tages nur noch zu fünft als Geschwister waren. Die Älteste von uns ging mit siebzehn Jahren beinahe unbemerkt von mir nach Hamburg. Sie hatte wohl an einen Monteur ihr Herz verloren und folgte ihm nach Beendigung seines Arbeitsauftrags in seine Heimat nach Norddeutschland. Wenn überhaupt, so habe ich dies nur am Rande mitbekommen. Der Altersunterschied von zwölf Jahren trug wahrscheinlich auch nicht gerade dazu bei, ein herzliches Verhältnis zueinander aufzubauen. Wahrnehmung und Interessen lagen da wohl viel zu weit auseinander. Wie ich erst kürzlich auf Nachfrage erfahren habe, mussten meine Eltern nach Hamburg reisen, um ihre Einverständniserklärung zur Hochzeit zu unterschreiben, da zu dieser Zeit die Volljährigkeit erst mit einundzwanzig Jahren erreicht war.

*Wie es ihnen und den Geschwistern damit ging, dass die Älteste die Familie verlassen hatte, war und ist mir genauso wenig bewusst, wie der Grund, weshalb dies alles zustande kam. Themen wie Gefühle oder Emotionen zwischen Erwachsenen und Kindern stand bei uns so gut wie nie zur Debatte. Gewisse Dinge passierten einfach. Das war das Leben.*

Was meinen Eltern jedoch scheinbar einen regelrechten Schock versetzt hatte, geschah einige Jahre später. Der Zweitälteste unter uns hatte seine Lehre als Heizungsinstallateur begonnen. Ich erlebte ihn immer als einen eher ruhigen, strebsamen, lernwilligen Menschen, obwohl auch er um einiges älter war als ich. Sein Interesse galt überwiegend dem Fitnesssport, in erster Linie dem Bodybuilding. Ich erinnere mich noch genau, dass er jede Menge Bücher und Zeitschriften mit Artikeln über Arnold Schwarzenegger in seinem Regal stehen hatte. Hanteln und Expander fanden sich ebenfalls in seinem Zimmer, die ich mir immer wieder mal heimlich ausgeliehen hatte. Das, was sich aber nur schleichend in den Jahren seiner Lehrzeit ereignete, ging an mir zunächst völlig vorbei. Ich registrierte nur, dass er abends des Öfteren unterwegs war. Wie ich jetzt erfahren habe (vielleicht auch nur vergessen hatte), gab er als Grund dafür an, dass er bei seinem Meister zum Lernen und zur Vorbereitung auf die Prüfung war. Im Laufe der Zeit, ob es sich dabei um Wochen oder Monate handelte ist mir nicht bekannt, stellte sich aber heraus, dass dieser Vorgesetzte Mitglied einer Glaubensgemeinschaft war, die weder der katholischen, noch der evangelischen Kirche angehört.

Mehr und mehr schien unser Bruder von dieser Ideologie angetan, davon in den Bann gezogen. Mehr und mehr beschäftigte er sich in den folgenden Jahren nur noch mit der Lektüre und Lebensform dieser Gemeinschaft, entfernte sich vom gewohnten Alltag und Familienleben. Selbst, als ihm eines Tages auf Grund seiner sehr guten Arbeitsleistung im Betrieb die Leitung einer Filiale angeboten wurde, schlug er dieses Angebot aus. Zu sehr schien er bereits in die asketische Lebensweise seiner neuen Umgebung integriert worden zu sein. Dass er dieses Angebot seines Arbeitgebers ausgeschlagen hatte, konnten meine Eltern nie richtig verstehen. Hätte es doch in der damaligen Zeit etwas mehr Ansehen und eventuell auch etwas mehr Wohlstand verheißen.

Wir waren als Kinder ja angehalten, einen Teil unseres Verdienstes als Beitrag zum Haushalt zu leisten. Stattdessen hat er den Eltern eröffnet, dass er sich ganz der Glaubensorganisation anschließen wollte. Ob, wie intensiv und wie lange meine Eltern versucht haben ihn davon abzuhalten, kann ich nicht sagen. Wenn, dann war dies auf jeden Fall erfolglos, denn eines Tages stand er mit gepacktem Koffer in der Tür. Das ist etwas, an das ich mich noch erinnern kann. Dass Vater und Mutter mit dieser Situation ganz und gar nicht zurechtgekommen sind, konnte man immer wieder feststellen. Die Gespräche mit den Nachbarn, manchmal Verzweiflung und Hilflosigkeit. Ganze zweimal sah ich ihn in den folgenden Jahren für einen Tag bei uns daheim, nämlich als er nach München kam, um an einem Kongress teilzunehmen.

Was uns allen bis zu diesem Zeitpunkt noch nicht bewusst gewesen war, war die Tatsache, dass es den Anhängern dieser Glaubensgemeinschaft untersagt war, an Familienfesten teilzunehmen. Unser Großer kam weder zu einem Geburtstag, noch zu einem Weihnachtsfest nach Hause. Er reagierte kaum auf irgendwelche Briefe. In den späteren Jahren, als unsere Großmutter verstarb, ließ er uns wissen, dass er auch nicht zur Beerdigung kommen könne. Irgendwie hatte ich insgeheim ja gehofft, dass er wenigsten zum Abschiednehmen auftauchen würde. Die Enttäuschung bei uns war umso größer, als eben genau das nicht geschah. Völlig unverständlich war jedoch, dass er sich nicht einmal dazu durchringen, durchsetzen konnte, zur Beerdigung unseres Vaters zu erscheinen. Ich glaube, dass dies unserer Mutter letztendlich jede Hoffnung auf ein Wiedersehen mit ihm genommen und ihr das Herz gebrochen hatte, solange das nicht schon vorher geschehen war. Auch die Information zum Tod unserer Mutter ließ keinerlei Reaktion zu uns dringen. Auf unseren letzten Anruf betonte er lediglich zum wiederholten Mal, dass die Mitglieder seiner Gemeinschaft auch an keinen Beerdigungen teilnehmen würden.

An dieser Stelle möchte ich nun einen Zeitsprung ins Jahr 2006 vornehmen. Ende Juni bzw. Anfang Juli erreichte mich ein Anruf meiner Schwester. Die Kriminalpolizei einer norddeutschen Dienststelle hatte ihr mitgeteilt, dass die sterblichen Überreste zweier Personen an einem Bahngleis gefunden wurden. Anhand eines aufgefundenen Abschiedsbriefes hatte sich herausgestellt, dass es sich bei den beiden Toten um unseren Bruder und seine Frau handelte. Dieses Schreiben befand sich im Auto der beiden, das in unmittelbarer Nähe des Fundortes abgestellt war. Als wir schließlich vor dem Fahrzeug standen, war anhand dessen Inhaltes eindeutig zu erkennen, dass die beiden darin regelrecht gelebt haben mussten. Bestätigt wurde diese Vermutung, als wir uns später in deren Wohnung befunden haben.

Darin befand sich so gut wie kein Gegenstand, der nicht umwickelt war. Ich habe noch nie in meinem Leben eine derartige Menge von Alufolie an einem Ort gesehen. Tür- und Fenstergriffe, Telefonhörer, Lichtschalter, Schubladengriffe und Zeitschriften. Einfach alles, was man im täglichen Leben in die Hand nahm, war eingepackt. Fensterritzen waren mit breitem

Isolierband abgedichtet. Die Vermutung lag nahe, dass Petra an einer Kontaktallergie gelitten haben musste, anders war der Zustand dieser Wohnung für mich nicht zu erklären. Dass beide als letzten Ausweg nur den Freitod gesehen hatten, wird wohl immer ihr Geheimnis bleiben. Zwar gibt der Abschiedsbrief Aufschluss darüber, dass sie von den Angehörigen ihrer Glaubensgemeinschaft im Stich gelassen wurden, nachdem sie sich nicht mehr aktiv in das Geschehen einbringen konnten, dass aber die Scham und das Unverständnis darüber so groß wurde, um sich deshalb gemeinsam das Leben zu nehmen, überstieg zu dieser Zeit mein menschliches Verständnis.

*Warum unsere zwei ältesten Geschwister die Familie verlassen hatten, kann ich nur vermuten. War es fehlende Zuneigung? Lag es eventuell an einer zu konservativen Erziehung der Eltern und Großeltern? Vorwürfe im Nachhinein sind wohl unangebracht, denn es ist in meinen Augen unwahrscheinlich, dass man etwas weitergeben kann, das man selbst nie erfahren hat. Nähe vermitteln, wenn einen selbst niemand in den Arm genommen hat? Gefühle zeigen, die man nicht oder nur selten erfahren durfte? In Zeiten des Krieges und der Nachkriegszeit wurde den Menschen wohl in erster Linie Disziplin und Gehorsam gelehrt. Zwei Eigenschaften, die zu dieser Zeit zum Überleben gehörten. Um bei meinen Eltern nachzufragen, ist es leider zu spät.*

Mein Vater war dreiundvierzig Jahre alt, als ich geboren wurde. Bis ich auch nur im Entferntesten verstand, was der zweite Weltkrieg und die unmittelbaren Jahre danach für die Menschen bedeuteten, hatte ich kaum mehr Gelegenheit, etwas in Erfahrung zu bringen. Als Teenager ist man meist darauf fokussiert, sich mit den angenehmen Dingen seines jungen Lebens zu beschäftigen. Mit dreizehn, vierzehn Jahren waren wir ja auch schon auf der coolen Schiene. Fachkurse in der Schule zum Beispiel. Fotokurs. Fotografieren, Filme entwickeln, schneiden, vergrößern etc. Das fand am Nachmittag statt. Als wir an einem dieser Tage mal wieder vor dem Eingang auf den Lehrer warteten, gab's zum Zeitvertreib Steinewerfen. Ein Betonträger an der Decke mit Lochaussparungen war das Ziel. Gleich mein erster Versuch war ein Volltreffer. Mit dem Stein die Kante erwischt, zurückgeprallt und mitten in die drei Meter große Fensterscheibe. Mit Blick auf die Smartphonegeneration würde man sagen: Spiderlook. Dass ich dabei die Arschkarte gezogen hatte, war mir in diesem Moment ganz klar. Besonders im Hinblick auf die zu erwartende Begegnung mit meiner Mutter. Da ich schon ahnte, was mich dabei erwarten würde, vertraute ich auf meinen Instinkt, entschuldigte mich bei unserem Lehrer und machte mich auf den Weg zur Arbeitsstätte meines Vaters.

Mit flauem Gefühl im Magen dort angekommen, beichtete ich meinen Fehlwurf und dessen Folgen. Überraschenderweise wurde mein Geständnis nicht mit Vorwürfen bestraft, denn mein Vater meinte, dass es ja für solche Fälle eine Haftpflichtversicherung gäbe. Nachdem man diese nun schon jahrelang einbezahlt hätte, könnte man sie jetzt auch einmal in Anspruch nehmen. Damit war, für mich kaum zu glauben, das Thema auch schon so gut wie erledigt. Die Beichte meiner Mutter gegenüber hatte sich für mich erübrigt, mein Vater nahm dieses Gespräch in seine Hände. Ich denke, dass er genau wusste, was ansonsten auf mich zugekommen wäre. Somit blieb es bei einigen vorwurfsvollen Blicken ohne körperliche Folgen für mich. Das war auch die Zeit, in der ich für die nächsten Jahre eine etwas engere Verbindung zu meinem Vater hatte. Er erzählte auch ab und zu Geschichten und Erlebnisse von früher. Mir war aufgefallen, dass er im Sommer immer nur Sonnenbrillen mit grünen Gläsern getragen hatte. Auf mein Nachfragen erklärte er, dass dies ein Folgeschaden aus dem Krieg sei. Er war unter anderem eine Zeitlang auch in Afrika stationiert, wobei er sich dort in der Sonne wohl dieses Augenleiden zugezogen hatte. Ich war damals schon etwas betroffen darüber. Mein Vater hatte ein Kriegsleiden. Klar, gegenüber anderen, die ihr Leben lassen mussten, Gliedmaßen verloren, oder sonstige schlimme Verletzungen davongetragen hatten, war es verhältnismäßig gering. Für mich war dies aber ein Grund, mir von meinem spärlich verdienten Taschengeld eine billige Sonnenbrille mit grünen Gläsern zu kaufen.

*Dass mich das Thema Krieg in diesem Alter nicht sonderlich stark interessierte, sehe ich heute als einen Nachteil, denn dadurch ging mir eine Möglichkeit verloren, Verständnis zwischen den Generationen aufzubauen. Man hört ja immer wieder einmal die Aussage, dass jemand gerne noch einmal so jung wäre wie damals, jedoch mit dem Wissen und Verständnis von heute. Dadurch bekäme man sicherlich die eine oder andere Chance, die vererbten Traumata zu lindern oder gar zu durchbrechen.*

Zwar kam das Thema zweiter Weltkrieg unweigerlich auch in der Schule im Geschichtsunterricht zum Tragen, doch die schrecklichen Folgen dieser Zeit errichteten in mir schon damals eine innere Blockade. Ich befasste mich damit nur soweit, als dass es für den Schulstoff notwendig war. Die Begeisterung bei dem einen oder anderen meiner Schulkameraden für Waffen, überfallartige Angriffe, in deren Folge es unzählige Tote gab, konnte ich kaum nachvollziehen. Doch der Zusammenhalt in der Gruppe der Betroffenen, der das Überleben im Nachhinein wichtiger war als ein aussichtsloser Kampf, brannte sich genauso in mein Gedächtnis ein, wie die endlosen Menschenströme, die unter teils unmenschlichen Bedingungen aus ihren Heimatorten vertrieben wurden. Auf Nachfragen zuhause gab es wenn überhaupt, nur relativ knappe Antworten. So erfuhr ich lediglich, dass mein Vater neben seinen Einsätzen in Afrika und in Russland irgendwann kurz vor Ende des Krieges in französische Gefangenschaft geriet.

*Dass es für viele Männer, sofern sie nicht freiwillig in den Krieg gezogen waren, alles andere als leicht war, auf Befehl zu einem Einsatz in ein fremdes Land zu müssen, um möglicherweise Menschen zu töten, ist nur allzu verständlich. Die Angst, was sie dort erwarten würde und die oftmals schreckliche Realität vorzufinden waren sicherlich bei vielen Menschen der Auslöser für traumatische Störungen. Zwischen Hoffen und Bangen, ob man die Heimat wiedersehen würde, gab es vielen Erzählungen nach nur zwei Alternativen. Entweder man wurde so schwer verwundet, dass man nicht mehr zum Kriegsdienst taugte, was das weitere Leben nur bedingt lebenswert machen würde. Man hätte sich alternativ auch vorsätzlich dem Kriegsdienst entziehen können, was für die Betroffenen als Fahnenflüchtige aber*

*unweigerlich die Verfolgung und den Tod be-*
*deutet hätte. Sogenannte Vaterlandsverräter*
*hatten in den Augen der Verantwortlichen das*
*Recht auf ihr Leben verloren.*

Wer das Glück hatte, zumindest nach außen hin das Kriegsgeschehen mehr oder weniger unbeschadet überstanden zu haben, konnte versuchen, sein Leben irgendwie wieder auf die Reihe zu kriegen. Ledige Männer, wie beispielsweise mein Vater, hatten nach diesen entbehrungsreichen Jahren natürlich auch den Wunsch nach einer Beziehung. Wie ich erst in diesem Jahr erfahren habe, hatten sich meine Eltern auf eine eher ungewöhnliche Weise kennengelernt. Ein Mitgefangener in diesem französischen Lager, in welchem sich auch mein Vater befand, verschickte per Post wohl mehrere Kontaktanzeigen an irgendwelche Adressen. Man kann sich vorstellen, dass es zu dieser Zeit mehr Frauen als Männer gab, da sehr viele Soldaten entweder gefallen, gefangen oder anderweitig verschollen waren. Überraschenderweise bekam der Kontaktsuchende mehr Antwortschreiben, als er zu hoffen gewagt hatte. So entschloss er sich wohl kurzerhand dazu, nachdem er selbst seine Auswahl getroffen hatte, die restlichen Briefe an seine Kriegskameraden zu verteilen. Mein Vater begab sich also, nachdem er endlich aus der Gefangenschaft entlassen wurde, auf den Weg in einen kleinen Ort namens Attenfeld, der zur oberbayerischen Stadt Neuburg gehört.

# Die letzten Schuljahre

Ab dem Jahr 1973/74 ging es auf die letzten drei Schulklassen zu. Als streng evangelisch Erzogener Junge war es selbstverständlich, da auch Familientradition, dass ich für diese Zeit ehrenamtlich als Mesner in den Dienst der Kirche trat. Das bedeutete, dass so gut wie jeder Sonntag in dieser Zeit Gottesdienstpflicht bestand. Dabei also Klingelbeutel herumreichen oder Glocke läuten, was damals noch mit Seil per Handarbeit geschah. Pflicht war aber auch, abwechselnd bei anstehenden Beerdigungen, als Kreuzträger vor der Trauergemeinde zu stehen beziehungsweise diese am Friedhof zur Grabstätte zu geleiten.

*Was für manche Kirchenbedienstete nur Routine darstellt, war für mich wie eine nahezu undurchdringbare Wand. Einen Verstorbenen zur letzten Ruhestätte zu begleiten, dazu konnte ich mich nicht überwinden. Ich empfand dabei wohl mindestens genauso viel Trauer und Verlustgefühle, wie die Hinterbliebenen. Allerdings war ich damals nicht in der Lage,*

*diese Emotionen anderen gegenüber zuzuge-*
*ben. So erfand man eben eine Krankheit, um*
*dieser Verpflichtung aus dem Weg zu gehen.*

Die Vorbereitungszeit auf die Konfirmation hatte aber auch ihre angenehmen Seiten. Dabei meine ich jetzt nicht die trockenen Theoriestunden am Nachmittag in der Kirche, sondern das anschließende Treffen mit der Clique. Wir hatten uns angewöhnt, nach dem Unterricht im Polizeigarten, natürlich verbotenerweise, auch mal eine Zigarette zu rauchen und über verschiedene Situationen oder Personen zu quatschen oder zu lästern. Die Leutnantschanze, wie unser Polizeigarten von damals heute benannt ist, war über mehrere Jahre hinweg ein beliebter Treffpunkt zu unserer Jugendzeit. Wie dieser Name zustande kam, weiß ich leider nicht mehr. Weitere Treffpunkte in den letzten Schuljahren waren zum Beispiel die Parkbänke im angrenzenden Waldstück der Haupt- und Realschule. Manchmal zog es uns aber auch direkt bis ans Kraftwerk, wenn wir genügend Freistunden hatten.

Für mich persönlich hatte die Zeit aber nicht immer nur angenehme Seiten, abgesehen von den allgemeinen Vorbereitungen auf die Abschlussprüfungen, die wie heutzutage auch, jeder Schüler mehr oder weniger gut verkraftete.

*Was mir schon damals immer wieder zu schaffen machte, waren längere Ausflüge und Klassenfahrten. Trennungs- und Verlustängste zeichnen immer wieder meinen Lebensweg. Raus aus dem sicheren, gewohnten Umfeld, nicht wissen, welche Umgebung und welche Menschen einen erwarten. Schlafen in fremden Betten, dazu wahrscheinlich noch ungewohntes Essen. Umstände, die wiederum eine Folge des Kriegsenkeltraumas darstellen könnten.*

*Dass wohl auch mein Vater auf Grund seiner Kriegseinsätze unter diesen Ängsten litt, zeigt mir eine Begebenheit, die ich auch erst im Zusammenhang mit meinen Recherchen erfuhr. Meine Mutter hatte beschlossen, für einige Tage einen Verwandtschaftsbesuch in Norddeutschland zu machen. Doch schon am dritten Tag hielt mein Vater das Alleinsein nicht mehr aus, sodass er ihr hinterherreiste, um wenige Tage darauf mit ihr gemeinsam nach Hause zurückzukehren. Da mein Vater als Einzelkind aufwuchs, hatte er auch durch die Zeit des zweiten*

*Weltkriegs hindurch bis zum Kennenlernen meiner Mutter keine feste Beziehung geführt. Somit war er durch die Trennung von meiner Mutter wohl auch emotional total überfordert.*

Traditionell beinhalteten die letzten Schuljahre stets die eine oder andere Klassenfahrt. Heutzutage geht es oft ins nähergelegene Ausland, früher waren es inländische Landschulheime oder im Winter eine Woche zum Skifahren ins Allgäu oder vielleicht einmal in Richtung Österreich. Dies war auch die Zeit, in der ich das erste Mal im Leben tatsächlich dankbar war, dass es in unserer Familie kein ausreichendes Finanzpolster gab, um für jeden von uns Kindern einen solchen Schulausflug bezahlen zu können. So hatte ich natürlich Verständnis dafür, dass ich in dieser Zeit in einer Parallelklasse am normalen Unterricht teilnehmen musste, während die anderen ihren Spaß hatten. Ahnte ich dabei doch, dass es für mich alles andere als spaßig geworden wäre, schon tagelang vor der Abfahrt des Busses vom Heimweh geplagt zu werden und in der verbleibenden Zeit Sehnsucht nach dem ganz normalen Alltag zu haben.

Doch irgendwie vergingen die restlichen Schultage viel zu schnell und ehe wie uns versahen, konnten, sollten, mussten wir in die nächste Phase unserer Jugend eintreten. Ich hatte im Vorfeld bereits eine mündliche Zusage für eine Lehrstelle in einem Elektrofachgeschäft erhalten, in welchem ich mich zum Radio- und Fernsehtechniker ausbilden lassen wollte. Den qualifizierten Hauptschulabschluss hatte ich ganz passabel über die Bühne gebracht, als ich durch meinen Vater erfuhr, dass mein vorgesehener Ausbildungsplatz anderweitig vergeben worden sei. Da hatte sich jemand mit einem ähnlichen Notendurchschnitt beworben, allerdings mit der mittleren Reife. Dass sich mein Vater in den folgenden Tagen die Hacken abgelaufen hatte, um noch eine Lehrstelle für mich zu ergattern, rechnete ich ihm damals hoch an. Also ließ ich mich, wenn auch nicht gerade glücklich darüber, zum Kfz-Mechaniker in einer Ford-Werkstatt ausbilden. Nicht mein Traumberuf, aber naja. Immerhin gab es zwei Schulkameraden, die den gleichen Weg eingeschlagen hatten. Nach einer gewissen Zeit der Ausbildung konnte man die bis dahin erworbenen Kenntnisse auch schon einmal privat einsetzen, um sich ein paar Mark nebenher zu verdienen.

Einhundertzwanzig Mark waren als Lehrlingsgehalt im ersten Jahr nicht gerade ein üppiger Verdienst. Das Leben an sich war zwar zu dieser Zeit nicht so teuer wie heutzutage, aber ich durfte aus meiner Lohntüte, damals wurde das Gehalt noch in bar ausgezahlt, bereits einen Teil als Kostgeld daheim abgeben. Da versucht man natürlich, anderweitig noch etwas dazuzuverdienen. Da es zum Ende der siebziger Jahre in Rain noch zwei Kinos gab, wurde dies für eine Zeitlang auch eine kleine Einnahmequelle. Zwei ältere Jungs aus unserer Siedlung waren dort als Filmvorführer tätig und kassierten dabei zehn Mark pro Vorstellung. Natürlich hatte man so auch die Möglichkeit, immer die besten Filme umsonst zu sehen. Da der Betreiber des Kinos nicht jedes Mal über die volle Laufzeit eines Films anwesend war, hatten wir ab und zu die Möglichkeit, mit in den Vorführraum zu gehen. Die großen Maschinen waren schon beeindruckend und so erkundigte ich mich, ob ich nicht hin und wieder einmal auch diesen Job ausführen könnte.

Nach einer gewissen Anlernzeit lief dies auch ganz gut, allerdings hatten wir als noch nicht Volljährige nur die Nachmittagsvorstellung. Der Betreiber des Kinos hatte sich in dieser Zeit dazu entschlossen, einem neuen Trend zu folgen und am Wochenende auch Nachtvorstellungen anzubieten. Das waren jedoch nicht die soften Filmchen wie Eis am Stiel oder die Reihe der Schulmädchenreports. Ab zweiundzwanzig Uhr ging es dort richtig heiß her mit den ersten unzensierten Streifen aus dem Repertoire von Beate Uhse und Co. Für uns waren diese Zeiten jedoch tabu, da wurde vom Kinobetreiber penibel darauf geachtet. Schließlich wollte er ja keinen Ärger mit der Obrigkeit bekommen. Da dieses Kino aber aus Sicherheitsgründen über eine Außentreppe verfügte, hatten wir die Möglichkeit, ab und zu auch einmal in die Welt der verruchten Erotik einzutauchen. Für mich war aber noch etwas Anderes interessant, nämlich die nächtlichen Besucher. Ich wollte einmal sehen, wer sich dort so alles im Schutze der Dunkelheit einfand. Für einen kleinen Skandal in unserer Siedlung, oder auch nur peinlich gerötete Gesichter hätten meine Beobachtungen durchaus sorgen können. Mir war jedoch etwas noch viel wichtiger als Verpetzen in der Nachbarschaft. Denn die selbsternannten Moralapostel hatten mit Sicherheit nicht damit gerechnet, dass ich mich um diese Zeit auf dem Gehweg vor dem Kino aufhalten würde. Die empörten Äußerungen nahm ich mit innerer Schadenfreude zur Kenntnis. War ich mir doch sicher, dass es ab nun etwas ruhiger in der Schwabensiedlung zugehen würde.

Im Laufe der Lehrzeit kam es zu einer ganz unerwarteten Begegnung mit einem Kunden. Kurz nach Arbeitsbeginn fuhr ein hellblauer Ford Capri auf das Gelände. Als der Fahrer ausgestiegen war, dachte ich zunächst an einen kleinen Rachefeldzug im Rahmen eines manipulierten Zündkabels, eines locker sitzenden Unterbrechers oder ähnlichen Dingen, die einen Autofahrer schon mal zur Weißglut treiben konnten. Denn dieser war kein geringerer, als mein Lehrer Hinkebein aus der vierten Schulklasse. Seinen Gesichtsausdruck, als er mitbekam, dass ich die Inspektion durchführen sollte, konnte ich nicht richtig deuten. Es war aber keinerlei erzieherische Überheblichkeit zu erkennen, was mir in diesem Moment doch eine gewisse Genugtuung gab. Ich habe meinen Job dann letztendlich ordnungsgemäß erledigt, auch wenn mein ehemaliger Lehrer mir mehr oder weniger die ganze Zeit dabei auf die Finger gesehen hatte. Extra gereinigt, wie bei manch anderem Kunden, hatte ich allerdings nichts. Oder, um es mit seiner Bemerkung aus meinem Zeugnis der vierten Klasse zu benennen: Der Fleiß des Schülers war befriedigend. Sein Betragen gab zu keinen Klagen Anlass.

Was jedoch für meinen damaligen Chef Anlass zum Klagen gab war die Tatsache, dass mein Lernverhalten in der Berufsschule nicht ganz nach seinen Vorstellungen verlief. Da Theorie noch nie meine starke Seite war, schien es offensichtlich, dass ich zur schriftlichen Gesellenprüfung kein sonderlich gutes Gefühl mitbrachte. Entgegen jeder Vorahnung allerdings schaffte ich diese mit einem ausreichenden Notendurchschnitt. Für den praktischen Teil gab es von Seiten der Ausbilder in meinem Betrieb keine großen Bedenken, lieferte ich ihnen doch meistens zufriedenstellende Ergebnisse ab. Dass aber am Prüfungstag ein Meister der Kfz-Innung meine Arbeiten abnehmen würde, den ich vom Aussehen und Auftreten her eher auf einem Truppenübungsplatz der Bundeswehr erwartet hätte, hat mich dann doch erheblich verunsichert. Sein Auftreten uns Prüflingen gegenüber war auch dementsprechend. Bis kurz vor dem Prüfungsende konnte ich nur wenige Stationen fehlerfrei abschließen, was meine Nervosität für die letzten beiden Aufgaben doch enorm ansteigen ließ. Nachdem ich diese prompt auch vergeigt hatte, war mir vom Gefühl her bereits klar, dass ich bei der offiziellen Übergabe der Gesellenbriefe nicht dabei sein würde. Man sagt zwar, dass die Hoffnung zuletzt stirbt, jedoch zerschlug sich diese nur wenige Tage später, als der Seniorchef mit einem lauten Knall die Verbindungstüre zwischen Tankstellenbüro und Werkstatt hinter sich ins Schloss fallen ließ, wobei er unüberhörbar meinen Namen durch die Halle schrie. Nach seiner Standpauke mir gegenüber war zunächst für diesen Tag Ruhe im Karton. Am darauffolgenden Arbeitstag unterbreitete er mir ein in seinen Augen wohl großzügiges Angebot. So habe ich es in diesem Moment auch empfunden. Er würde meine Lehrzeit bis zur nächsten Prüfung im folgenden Frühjahr verlängern.

Dies war für mich zunächst auch erst einmal in Ordnung. Als ich allerdings erfuhr, dass ich mit einem leicht erhöhten Lehrlingsgehalt abgespeist werden sollte, da ich auf dem Papier ja noch nicht als Geselle galt, war diese Ordnung für mich dahin. Nachdem er sich auch auf keine Diskussion in dieser Angelegenheit mehr einlassen wollte, habe ich ihm nach wenigen Sekunden Bedenkzeit mitgeteilt, dass er zum Ende meiner Ausbildungszeit meine Papiere bereithalten sollte.

Selten habe ich einen Menschen gesehen, der so ungläubig und doch gleichzeitig so zornig reagierte, wie mein Chef in diesem Augenblick. Seine Drohung, er würde sich darüber mit meinem Vater unterhalten, interessierte mich in diesem Moment überhaupt nicht. Gut vier Jahre zuvor, ab dem 01.01.1975 galt man mit achtzehn Jahren als volljährig. Somit lag diese Entscheidung allein bei mir. Sein Argument, dass noch nie ein Lehrling ohne Gesellenbrief seine Werkstatt verlassen hätte, beantwortete ich ganz einfach damit, dass ich nun eben der erste sei. Damit war das Thema Lehrzeit für mich so gut wie abgeschlossen.

Den endgültigen Schlussstrich konnte ich ein halbes Jahr später ziehen. Es gab zwei ehemalige Schulkameraden, die mit mir das Vergnügen hatten, die Gesellenprüfung zu wiederholen. Den Weg dorthin zu beschreiben wäre etwas mühselig. Schließlich durften wir uns am Samstag, den 16.02.1980 erneut in der Kfz-Innung in Augsburg zur nächsten praktischen Abschlussprüfung einfinden. Dieser Samstag war in diesem Fall glücklicherweise am Faschingswochenende. Für mich fiel das Feiern an den zwei vorangegangenen Tagen aus, denn ich hatte mir vorgenommen, diesen Tag wie auch immer positiv zu bestehen. Das Aufatmen war beinahe hörbar, als wir feststellten, wer sich diesmal zur Abnahme der bei uns vorstellte. Scheinbar leicht faschingsgeschädigt schien es das Ziel der wesentlich jüngeren Prüfer zu sein, uns möglichst alle schnell und unkompliziert durch diesen Vormittag zu bringen. Da dieses Vorhaben auch erreicht wurde, konnte ich einige Tage später meinen per Post zugestellten Gesellenbrief in Empfang nehmen. Man kann sich vorstellen, dass es mir letztendlich eine Freude war, von diesem eine Kopie anfertigen zu lassen, um ihn meinem ehemaligen Chef zu überreichen. Somit konnte er weiterhin sagen, dass alle Lehrlinge seines Betriebes die Ausbildung erfolgreich abgeschlossen hatten.

# Die zwei Seiten der Medaille

*Mit seinen Gedanken das eigene Schicksal zu beeinflussen, daran hat wohl schon jeder von uns einmal gedacht. Doch ob sich danach alles zu einer besseren Zukunft entwickelt?*

In der Zeit vor meinem achtzehnten Geburtstag konnte ich mir einen kleinen Traum verwirklichen, indem ich einen Nebenjob als Diskjockey in einer kleinen Diskothek beginnen konnte. Diese befand sich im Kellergewölbe einer Pizzeria, deren Inhaber ein italienisches Ehepaar war. Musik war zu dieser Zeit eines meiner größten Hobbies, vor allem, wenn es um Schallplatten ging. Diese einem Publikum zu präsentieren, das dazu die Tanzfläche füllt und seinen Emotionen freien Lauf lässt, das war schon ein erhabenes Gefühl. Man stand für eine gewisse Zeit des Abends im Mittelpunkt des Geschehens. Es war die Zeit der Hitparaden und verschiedener Musikshows im Radio und im Fernsehen. Einmal so eine Show zu moderieren, das war in diesen Jahren mein Ziel. Die Gastronomie wurde zum Mittelpunkt meines Lebens. Arbeitszeiten, von denen man als Jugendlicher geträumt hatte, mit einem Verdienst, den ich in einer Werkstatt in den ersten Jahren vergleichsweise nie erreicht hätte. Durch einen Hinweis eines DJ-Kollegen erhielt ich die Adresse einer Agentur in Österreich, welche sich die Vermittlung von Diskjockeys im deutschsprachigen Raum zur Aufgabe gemacht hatte. Ich sah mich bereits auf dem Weg, mir meinen Jugendtraum zu erfüllen. Selbst die bis dahin immer wieder auftretenden Angstgefühle, mich auf etwas Unbekanntes einzulassen, mich aus meinem gesicherten Umfeld herauszubewegen, trat zu dieser Zeit in den Hintergrund.

Einen Vorstellungstermin hatte ich bereits vereinbart, als mir in meiner Euphorie völlig unvorbereitet das Schicksal in Form eines Briefes vom Kreiswehrersatzamt einen richtig fetten Strich durch die Rechnung machte. Mit dem Einberufungsbescheid zum Wehrdienst zerplatzte mein Traum wie eine Seifenblase und das Leben war in meinen Augen nur noch ungerecht. Dass ich die Musterung hinter mir hatte, war gedanklich völlig in den Hintergrund geraten. Mit den Zukunftsaussichten, die ich mir ausgemalt hatte, war das Thema Bundeswehr in keiner Weise präsent.

Ab diesem Zeitpunkt beherrschte nur noch der pure Frust meinen Alltag. Ich genoss das Ansehen im kleinen Rahmen meiner Möglichkeiten und lebte ansonsten in den Tag hinein, bis es erneut zuschlug. Das Schicksal, das Leben, das Glück im Unglück, oder wie immer man das auch benennen möchte.

Mein Abreisetag zum Grundwehrdienst stand fest. Am folgenden Montag sollte es losgehen. Ins Allgäu. Auf Grund meiner Ausbildung wurde ich einem Artillerieinstandsetzungsbataillon zugewiesen. Das würde hart werden. Seit diesem Einberufungsbescheid waren sie wieder da, diese Gefühle, diese Angst. Was würde mich erwarten? Konnte ich mich durchbeißen? Würde ich versagen? Die Aussagen verschiedener Bekannter, die ihren Wehrdienst bereits hinter sich hatten, stimmten mich auch nicht gerade euphorisch auf die nächsten fünfzehn Monate ein. Also galt es, sich auf dem anstehenden Stadtfest noch einmal so richtig auszutoben und die letzten

freien Tage für die nächsten Monate zu genie-
ßen. An diesem Samstagnachmittag stieg ich zu
einem ehemaligen Schulkameraden, der bereits in Besitz des Führerscheins war, in dessen
Auto, um noch eine kleine Spritztour zu unter-
nehmen. Meine Gedanken kreisten unaufhör-
lich um das Thema Bundeswehr. Ich registrierte noch, dass wir irgendwann auf einem
geteerten Weg zwischen Feldern hindurch an
der Bundesstraße ankamen. Durch das schon
hochstehende Getreide war eine direkte Sicht
auf die B 16 nicht uneingeschränkt möglich.
Den seitlichen Aufprall des von rechts kommenden Fahrzeugs bekam ich gar nicht mit.
Auch nicht, dass ich in hohem Bogen durch die
Windschutzscheibe auf das gegenüberliegende
Feld geschleudert wurde. Erst als ich auf einer
Trage der Rettungssanitäter lag und eine Vaku-
ummanschette an meinem rechten Bein angebracht wurde, kam das Bewusstsein langsam
zurück. Mein linker Zeigefinger stand auf drei
Uhr, oder neun Uhr, je nach Betrachtung. Ansonsten registrierte ich nur erschrockene Gesichter um mich herum, denn wegen wohl ver-
abreichter Schmerzmittel spürte ich kaum etwas Anderes. Meine ersten klaren Gedanken

im Krankenhaus galten der Tatsache, dass ich meinen Wehrdienst nicht antreten musste. Dieses Thema war zunächst einmal auf unbestimmte Zeit verschoben worden. Vom Pech, vom Glück im Unglück, oder vom Schicksal? Das allerdings war mir in diesem Moment relativ egal.

Bei den Untersuchungen stellte sich heraus, dass ich mir neben einer leichten Gehirnerschütterung und meinem eingerissenen Zeigefinger das rechte Sprunggelenk zweimal gebrochen hatte, innen und außen. Zum Glück waren es glatte Bruchstellen, die nicht operiert werden mussten. Es dauerte schließlich elf Wochen, bis ich den Gips an meinem Bein wieder losgeworden bin und einigermaßen normal laufen konnte.

Auf eine Anzeige gegen meinen ehemaligen Schulkameraden hatte ich selbstverständlich verzichtet, dennoch wurden mir bei der wegen des Unfalls stattfindenden Gerichtsverhandlung fünftausend Mark Schmerzensgeld durch die Versicherung zugestanden. Die Euphorie über einen damals doch sehr ansehnlichen Geldsegen war natürlich entsprechend groß.

Die Lebenslust und die Großzügigkeit meinen Freunden gegenüber ließ diesen Betrag innerhalb von knapp drei Wochen auf die Hälfte schrumpfen. Den Rest hatte ich auf gutes Zureden meiner Eltern auf dem Sparbuch geparkt. Da das Thema Bundeswehr zunächst ad Acta gelegt war, verdiente ich mir meinen Unterhalt weiterhin als Diskjockey und lebte ansonsten in den Tag hinein, bis ein Ereignis mein Leben komplett auf den Kopf stellen sollte.

*Dies war eine Zeit, in der ich weder Angst, noch Schuldgefühle oder depressive Verstimmungen kannte. Kein Heimweh plagte mich, denn irgendwie war ich nur getrieben von Gefühlen, die zeitweise den gesunden Menschenverstand vernebeln. Man könnte in diesem Fall auch schreiben: Wo die Liebe hinfällt und ihr Feuer verbreitet, da hinterlässt sie manchmal auch Schutt und Asche.*

# Eine verhängnisvolle Begegnung

Diese geschah in einer der Diskotheken, in der sich ein junges Paar als Servicekräfte anstellen ließ. Als ich diese Frau das erste Mal richtig wahrnahm, fegte ein Tornado der Gefühle über mich hinweg. Ab diesem Moment tat ich alles in meiner Macht Stehende, um sie für mich zu gewinnen. Ob es nun an meine jugendliche Unerfahrenheit, an ihrer Ausstrahlung, oder ganz einfach an der Tatsache lag, dass Liebe und Sehnsucht manchmal nicht nur blind, sondern auch blöd machen können. Wie genau es damals abgelaufen ist, dass ich sie für mich gewinnen konnte, sie sich von ihrem Freund getrennt hat, kann ich heute nicht mehr bis ins Detail nachvollziehen. Die folgenden Wochen vergingen wie auf rosaroten Wolken, wodurch ich nicht erkannte, was um mich herum vor sich ging. Jede Warnung von außen stieß bei mir auf taube Ohren. Egal, ob diese von Freunden oder von meinen Eltern kam. Ich ließ mir von niemandem etwas sagen, sondern zog einfach von zuhause aus. Ich mietete ein Zimmer in einem Gasthof, ab und zu schliefen wir einfach bei einer Bekannten. Selbst als eines Tages die Polizei mit einem Haftbefehl erschien und meine Freundin abführte, kam ich nicht auf die Idee, nachzudenken. Ich erfuhr, dass sie zur Untersuchungshaft ins Gefängnis nach Aichach gebracht wurde und setzte alles in Bewegung um ihr zu helfen. Eine Fahrt nach Augsburg ins Gericht unternahm ich, um an einen Besucherschein zu kommen. Nachdem ich diesen erhalten hatte, erfragte ich einen Termin in der JVA Aichach. Beim Besuch erklärte sie mir, dass es sich angeblich um eine ältere Geschichte handelte, in die sie durch ihren Ex-Freund hineingeraten war. Es ging laut Anklage um Urkundenfälschung und Betrug. Da er jedoch in dieser Zeit nicht auffindbar war, hatte man sie zur Rechenschaft gezogen. Wie eine Marionette ließ ich mich nun durch Instruktionen darauf ein, alle Auflagen zu erfüllen, die von Seiten der Staatsanwaltschaft für eine Haftverschonung zur Bedingung gemacht wurden. Einzelheiten darüber, wie lange es dauerte, bis sie schließlich freikam, habe ich verdrängt. Nachdem ich von verschiedenen Seiten mehr Kopfschütteln als Verständnis erfuhr, löste ich mein Sparbuch auf und wir verließen die Stadt. Niemals hätte ich mir bis dahin vorstellen können, Rain irgendwann einmal zu verlassen, vom noch zu erwartenden Wehrdienst temporär einmal abgesehen. Was diese Frau jedoch in mir auslöste, das kann ich bis heute nicht wirklich erklären. War es Verliebtheit? War es mein Gerechtigkeitssinn, ihr gegen das Gesetz beiseite zu stehen? Vielleicht auch eine Kombination aus beidem. Über turbulente Wochen trieb es uns zwischen Rain, Donauwörth und Augsburg hin und her, bis wir letztendlich in Wemding landeten. Dort mietete sie eine Wohnung, während ich mich auf den Weg zu meiner Mutter machte, um mir etwas Geld zu leihen, denn im Portemonnaie herrschte mittlerweile gähnende Leere.

Sie arbeitete als Servicekraft, was allerdings nicht auf Dauer funktionierte und ich versuchte, als DJ wieder Fuß zu fassen. So ging dies über einige Wochen, ohne dass wir beide etwas Konkretes auf die Beine stellen konnten. Mit jedem kleinen Misserfolg wurde der Frust in uns größer und schneller als uns lieb war, wichen die Träume des süßen Lebens mehr und mehr der Realität. Einen vernünftigen Job zu bekommen war für mich auch nicht sonderlich erfolgreich, da zur damaligen Zeit jeder potenzielle Arbeitgeber noch nachfragte, ob man seinen Wehrdienst schon abgeleistet hätte. So blieb mir nichts Anderes übrig, als nochmals zu meinen Eltern nachhause zu fahren, von wo ich am Abend mit ein wenig Bargeld zurückkam. Wieder zurück in Wemding, erwartete mich ein weiterer, bedeutender Wendepunkt in meinem Leben. Bis auf einen alten Kleiderschrank und eine Campingliege war neben der bereits von Beginn an vorhandenen Einbauküche kein einziges Möbelstück mehr vorhanden. Auf Nachfrage beim Vermieter wurde mir unmissverständlich mitgeteilt, dass meine Freundin mit einem Bekannten am Vormittag die Möbel in einen Transporter verladen, die Wohnung gekündigt hätte und ich zum nächsten Ersten dort raus müsste.

Zunächst geschockt, galt es jetzt schnellstmöglich einen Job und eine neue Bleibe zu finden, denn die Blöße, in dieser Situation nach Hause zurückzukehren, konnte und wollte ich mir nicht geben. Alles kam für mich infrage, nur Eines nicht, nämlich meiner Mutter gegenüber

eine Niederlage zuzugeben, indem ich einge-
stand, dass ich besser auf ihre Warnungen gehört hätte. Bevor ich mich auf dem Arbeitsamt
gemeldet hatte, war ich einige Male der Verzweiflung schon sehr nahe. Die Äpfel in Nach-
bars Garten waren manchmal das Einzige, das
ich mir, natürlich heimlich, nachts zu Essen besorgen konnte. In dieser Situation war ich, im
Gegensatz zu noch wenigen Tagen vorher, von
Heimweh geplagt.

Doch irgendwie schien das Schicksal mir
auch ein wenig hilfreich unter die Arme zu grei-
fen, denn noch bevor ich aus der Wohnung
ausziehen musste, hatte ich mich in einer grie-
chischen Kneipe als Aushilfe angeboten,
konnte dafür in einem der Zimmer übernach-
ten, bis ich etwas Passenderes gefunden hatte.
Dies dauerte auch nur wenige Tage, denn ich
konnte den Inhaber der Disco davon überzeu-
gen, mich probeweise, zunächst auch unent-
geltlich, hinter die Plattentheke zu lassen.
Nachdem ich diesen Job beherrschte, konnte
ich mir ab sofort den Job mit einem anderen DJ
teilen. Das bedeutete für mich wieder ein,
wenn auch noch überschaubares geregeltes

Einkommen. Als sich der Inhaber mit seiner Familie dazu entschloss, am Rande der Stadt eine neue Diskothek zu bauen, schien mein Leben wieder in einigermaßen geraden Bahnen zu laufen.

# Zukunft oder Vergangenheit?

Das Leben war wieder so, wie ich es mir vor einigen Jahren ausgemalt hatte. Die Disco lief gut. Es gab in dieser Zeit verschiedene Bands, die regelmäßig bis ein Uhr nachts Liveauftritte hatten. Da Sigis Disco die erste im Landkreis war, die eine verlängerte Sperrstunde bis drei Uhr morgens bekommen hatte, sorgte ich an meinen Plattentellern dafür, dass auch im Anschluss die Tanzfläche gut besetzt war. Doch wie das Leben nun einmal so spielt, irgendwann holt es dich ein. Mein Nachmusterungsbescheid flatterte mir ins Haus und ich hatte dabei schon das Gefühl, dass ich diesmal nicht um die fünfzehn Monate Staatsdienst herumkommen würde. Auf Grund meines damaligen Unfalls wurde mir aber nur eine körperlich eingeschränkte Tauglichkeit bescheinigt, sodass ein Einsatz in der Instandsetzung der Artillerie nicht mehr infrage kam. Ich wurde nach längerem Hin und Her zum 01.04.1982 in die damals noch existierende Alfred-Delp-Kaserne zur Fernmeldeausbildungskompanie nach Donauwörth einberufen. Da noch einer der Kellner, die nebenbei in der Disco jobbten, ebenfalls zu dieser Einheit beordert worden war, hatte ich für die meiste Zeit eine Mitfahrgelegenheit. So war es mir nach der Grundausbildung oft möglich, als Heimschläfer meine Freizeit zuhause zu verbringen.

Das letzte Wochenende als Zivilist wurde in der Disco natürlich noch ausgiebig gefeiert, doch trotz des reichlich geflossenen Alkohols standen die Musikwünsche der Gäste bei mir im Fokus. Der Satz „Kannst du mal Mendocino auflegen", leitete eine Veränderung in meinem Leben ein, die bis heute andauert. Gesprochen wurde er von einer jungen Frau, die ich bis dato noch nie bei uns gesehen hatte. Feuerrote Löwenmähne, Sommersprossen und angezogen, wie ich bis dahin noch keine Frau auf der Tanzfläche erblicken konnte. Sie erzählte mir später einmal, dass dies in den Münchener Discotheken nichts Außergewöhnliches wäre. Da ich ja in den ersten Wochen eher selten daheim war, aber punktuell an einigen Wochenenden meinen Job an der Plattentheke weiterhin ausführte, sahen wir uns in dieser Zeit leider nur sporadisch. Wir hatten natürlich Adressen und

Telefonnummern ausgetauscht, damit wir wenigstens Kontakt halten konnten. Sie kam ja auch nicht an jedem Wochenende von München nachhause. Sofern ich keinen Dienst in der Kaserne hatte, war die Disco für mich zu dieser Zeit weiterhin der erste Anlaufpunkt, um nebenbei den Sold aufzustocken, meine Freizeit zu verbringen und freundschaftliche Kontakte zu pflegen. Dass man als DJ auch damals schon bei den Frauen einen Stein im Brett hatte und manchmal etwas mehr als einem lieb war auch umschwärmt wurde, war nicht von der Hand zu weisen. Ein altes Sprichwort sagt ja, dass der Wille zwar stark, das Fleisch jedoch schwach ist. Und so kam es leider auch vor, dass die Freundin Grund zur Eifersucht bekam und wir letztendlich zweimal getrennt waren, bevor es dann endlich Klick gemacht hat.

Die fünfzehn Monate des Wehrdienstes vergingen mit Höhen und Tiefen, wie bei so vielen anderen auch, die mit mir dieses Leid teilten. Den Tiefpunkt hatte ich nach ungefähr einem Jahr erreicht. Der Frust über diese, in meinen Augen damals sinnlos vergeudete Zeit führte dazu, dass ich eine ganze Zeitlang mehr getrunken habe, als ich wirklich vertrug. Irgendwann fiel das wohl einem meiner Vorgesetzten auf, der Gott sei Dank ein offenes Ohr für meine Argumente hatte und mich von so mancher Aufgabe befreite. Ihm hatte ich es zu verdanken, dass ich mich nicht tiefer in das Problem Alkohol verstrickt habe. So brachte ich schließlich mit Höhen und Tiefen die noch ausstehende Zeit hinter mich und stand vor der Entscheidung, meinen weiteren beruflichen Weg zu planen.

Da im Laufe der nächsten Monate das Besucherinteresse an der Diskothek nachließ, Musikrichtungen moderner und ich zunehmend unflexibler wurde, was diesen Trend anbelangte, war es an der Zeit für mich, der nachfolgenden Generation den Platz hinter der Plattentheke zu überlassen. In der beruflichen Orientierung unschlüssig, ließ ich mich schlussendlich darauf ein, ein Angebot vom Vater meiner Freundin anzunehmen, der mir einen Hilfsarbeiterjob bei einer Dachdeckerfirma besorgen konnte. Trotz dessen, dass diese Arbeit weder vom Interesse, noch von der körperlichen Ausstattung her, absolut nicht meinen

Vorstellungen entsprach, nahm ich dieses Angebot schließlich an. Einerseits, um meine Beziehung nicht zu gefährden, andererseits um ihre Eltern nicht zu enttäuschen. Ein weiteres Argument war allerdings auch die Bezahlung auf dem Bau, die nicht zu verachten war. Doch die Tatsache, dass manche Baustellen weiter weg lagen als mir lieb war, ließ so manchen Arbeitstag zu einem kleinen Horrortrip für mich werden. Je nachdem, mit welchen Kollegen man eine Baustelle zu bewältigen hatte, machte der Job Spaß oder auch nicht, denn es gab auch den einen oder anderen Kapo, denen man besser keine Verantwortung für die Mitarbeiter überlassen hätte. Führungsqualitäten, die durchaus auch in diesem Beruf vorteilhaft wären, waren bei diesen Männern kaum vorhanden. Der Ton untereinander war, je nach Situation, entsprechend rau, seltener freundschaftlich kollegial.

*Fremdbestimmung und eine gewisse arbeitsbedingte Abhängigkeit waren oft der Anlass dafür, dass sich bei mir vermehrt Probleme im vegetativen Nervensystem und Verdauungstrakt aufzeigten.*

Dazu kam auch noch die Tatsache, dass ich als Evangelischer in ein katholisches Dorf gekommen war. Da bekam ich schon immer wieder einmal einer ihrer machohaften Sprüche zu hören, die ich jedoch selten entsprechend unbeantwortet ließ. Dies brachte mir zwar zunächst keinen Vorteil, aber immerhin etwas Respekt ein. Gegenwind war unbequem.

Immer wiederkehrende, meist verbale Streitigkeiten mit einem der Kapos führten nach knapp zwei Jahren dazu, dass ich das Arbeitsverhältnis von meiner Seite her fristlos kündigte. Das sorgte zwar bei einigen Kollegen für Erstaunen, doch mir waren irgendwann die Strapazen für meine Nerven und mein körperliches Wohlbefinden einfach zu groß. Es gab dadurch natürlich auch im privaten Umfeld einige Misstöne, die ich aber konsequent ausräumen konnte mit dem Vorhaben, mich baldmöglichst um einen neuen Job zu kümmern.

Ein weiteres Ereignis war für mich auch nicht gerade förderlich in dieser Zeit, auch weil ich selbst dabei die Schuld trug. Meine Freundin meinte, dass es an der Zeit wäre, selbst mobil zu werden, also endlich den Führerschein zu machen. Mein finanzielles Polster reichte dafür nicht aus, da ich ja in Wemding meine Miete für ein Zimmer zu bezahlen und auch meinen Lebensunterhalt zu bestreiten hatte.

Sie meinte jedoch, dass sie mir das Geld solange vorstrecken würde, bis ich es nach und nach zurückzahlen könnte. Nachdem ich also nach der zweiten praktischen Fahrprüfung endlich den Schein in der Tasche hatte, war die Erleichterung entsprechend groß und mein Selbstvertrauen wieder etwas gestiegen. Das wurde beim Griechen in Wemding natürlich entsprechend gefeiert, allerdings ohne anschließende Autofahrt. Dass Dummheit gepaart mit Alkohol ein verheerendes Gespann ergibt, musste ich leider nur gut zwei Wochen später erfahren. Mit zwei Freunden unterwegs, landeten wir in einer kleinen Bar, um uns dort vor dem Nachhauseweg noch einen Schlummertrunk zu genehmigen. Aus welchen Gründen auch immer die beiden mehr als geplant getrunken hatten, weiß ich nicht mehr genau. Ich war jedenfalls meiner eigenen Einschätzung nach noch fahrtüchtig, hatte aber mangels Erfahrung die Straßenverhältnisse im

Februar nicht auf dem Schirm. So brach mir der Wagen in einer engen Kurve wegen einer Eisplatte aus der Spur, ich konnte das Gott sei Dank noch einmal korrigieren. Dass anschließend, wie auf den Polizeifotos zum Unfallort zu erkennen war, eine zweite glatte Stelle mich überraschte und ich dabei das Steuer verriss, schreibe ich meiner mangelnden Erfahrung zu. Das Pech, das mich in diesem Moment an der Angel hatte, zeigte sich in Form einer Brückenmauer aus Beton, die mich durch seitlichen Aufprall einen leichten Abhang hinab an einen Baum leitete. Da der Eigentümer des Fahrzeugs auf der Beifahrerseite nicht angeschnallt war, zog er sich doch ein paar heftige Verletzungen zu, die sich später zum Glück als nicht gefährlich herausstellten. Wir legten unseren Freund auf den herausgerissenen Beifahrersitz ins Gras und ich eilte so schnell es mir möglich war in die nahe gelegene Ortschaft zu einer der damals noch existierenden Telefonzellen.

Nachdem ich den Notruf für einen Rettungswagen abgesetzt hatte, rannte ich zurück zur Unfallstelle, um mich um unseren verletzten Freund zu kümmern. Nur wenig später traf noch vor dem Rettungswagen ein Polizeifahrzeug ein, da die Beamten das ganze Geschehen wahrscheinlich über Funk mitbekommen hatten.

Der logischerweise durchgeführte Alkoholtest ergab bei mir einen Wert von 0,64 Promille, was mich zunächst etwas entspannter werden ließ, da es ja zu dieser Zeit noch die Obergrenze mit 0,8 Promille gab. Durch einen der Beamten wurde ich jedoch sofort eines Besseren belehrt, nämlich dem bei einem verursachten Unfall geltenden Wert von 0,3 Promille. Das Ende vom Lied war der Verlust meines Führerscheins, nachdem ich diesen gerade einmal neunzehn Tagen in Besitz hatte. Ferner eine Anzeige wegen Straßenverkehrsgefährdung in Tateinheit mit einer fahrlässigen Körperverletzung.

Das hatte sich wirklich rentiert, dachte ich mir und nannte mich in Gedanken einen Volltrottel, denn ein Taxi durch drei geteilt wäre wohl wesentlich vernünftiger gewesen. Am nächsten Tag machte ich mich per Bahn erst einmal auf den Weg nach München, um das Geschehene bei meiner Freundin zu beichten.

Sie war zwar genauso wenig begeistert wie im Anschluss ihre Eltern auch, meinte aber, dass wir diese Situation schon irgendwie durchstehen würden. Nachvollziehbar, denn es blieb in meinen Augen ja auch nichts Anderes übrig.

Die Ungewissheit nagte in mir, denn die Wochen vergingen. Doch ich erhielt keinen Bescheid über einen Verhandlungstermin bei Gericht, was nicht nur mich verärgerte. Auch dem Vater meiner Freundin war dies nicht recht, und da er einen Bruder hatte, der im Bayerischen Landtag saß, informierte er sich bei ihm, wie wir nun vorgehen könnten. Der Onkel meiner Freundin forderte mich auf, ihm die Einzelheiten per Post zu schicken, was ich umgehend auch tat. Einige Tage darauf erhielt ich endlich ein Schreiben der Staatsanwaltschaft. Dabei handelte es sich aber nicht um eine Terminierung zur Verhandlung, sondern um den Hinweis, dass sich durch das Einschalten des Landtagsabgeordneten P. D. meinerseits die Ermittlungen so erheblich verzögert hätten, dass die Akten erst in Kürze an das Amtsgericht in Donauwörth übergeben werden könnten. Gut Gemeintes war also letztendlich ein Schuss ins eigene Knie, denn auch bei der später stattfindenden Verhandlung kam doch Einiges auf mich zurück. Die Herrschaften der Staatsanwaltschaft waren stinkig wegen eines Rüffels, den sie vom damaligen Justizminister August Lang erhalten hatten. Man erließ mir von der geforderten Geldstrafe einen kleineren Anteil, doch bestand der Staatsanwalt darauf, die geforderten elf Monate Entzug der Fahrerlaubnis beizubehalten. Dazu kamen noch die Gerichtskosten, Zeugengeld, Rettungswageneinsatz und Abschleppkosten für das Unfallfahrzeug, sowie den Gutachter. Alles in Allem also ein Tag zum vergessen. Meine Laune hatte ihren Tiefpunkt erreicht.

Um diese ganze negative Geschichte zu verdauen, wollte meine Freundin mit mir einen Urlaub planen. Der Begriff Urlaub rief vom ersten Augenblick an Panik in mir hervor, was ich mir aber zunächst nicht anmerken ließ. Verreisen war schon seit ich denken konnte ein Horror für mein Nervenkostüm. Auf Grund der vorangegangenen Ereignisse wollte ich ihr diesen Urlaub aber nicht verderben. Doch je konkreter das Ziel definiert wurde und je näher das

Abflugdatum rückte, desto nervöser wurde mein Nervenkostüm. Meine Vergangenheit hatte mich also eingeholt. Dass ich bis dahin noch in keinem Flugzeug gesessen hatte, sah ich nicht als Problem. Auch die zweieinhalb Stunden Flugdauer bis zur Insel Malta waren erst einmal kein Thema. Doch dort angekommen, durften wir zunächst eine gute Stunde in einem mehr oder weniger komfortablen Bus verbringen, was mein Verdauungssystem dazu veranlasste, sich zum ersten Mal nervös bemerkbar zu machen. Die Fahrt durch eine karge Landschaft brachte uns zum reservierten Hotel, wobei sich nach wenigen Minuten herausstellte, dass für unseren Anreisetag eine Überbuchung vorlag und wir somit die erste Nacht in einem Ausweichquartier, welches ausschließlich von Engländern belegt war, verbringen mussten. Dies gab natürlich mächtig viel Wasser auf die Mühlen meines vegetativen Nervenkostüms, das ich beim Abendessen mit Hilfe einer Flasche Rosé wieder beruhigen wollte. Dass dies gründlich danebenging, muss ich an dieser Stelle wohl nicht großartig erwähnen. Wie schon Jahre davor in meiner Jugend reagierte mein Innerstes auf diesen zusätzlichen Reiz mehr als heftig, sodass mich am frühen Morgen nach einer schmerzvoll durchwachten Nacht ein Arzt mit einer schmerzstillenden Spritze von meiner körperlichen Pein erlöste. Äußerst angespannt verbrachten wir diesen Tag, bis man uns am Nachmittag mit einem Kleinbus in unser ursprünglich gebuchtes Hotel brachte. Zwei geplante Ausflüge ließen uns dann die beiden nächsten Tage ruhiger überstehen und so sah ich unsere Heimreise näherkommen.

*Wenn ich heute an diesen ersten größeren Urlaub zurückdenke, kommen mir vergleichsweise Situationen aus meiner Jugendzeit in Erinnerung. Das Verlassen aus meiner sicheren Umgebung verursachte mir schon immer körperliche Beschwerden. Bei einem Preisausschreiben hatte ich eine Wochenendreise nach Berlin gewonnen, doch schon beim Gedanken daran wurde mir angst und bange. Ich alleine in einer Großstadt? Niemals. Also trat ich den Gutschein gegen ein geschwisterliches Entgelt an meine Schwester ab. Sie freute sich darüber und ich hatte eine Sorge weniger.*

# Ein neuer Start

Im Februar 1984, genauer gesagt am Rosenmontag, begann ein neuer Lebensabschnitt. Eine Blindbewerbung hatte letztendlich zu einem neuen Job geführt. Dies bedeutete für mich Schichtarbeit, wurde aber entsprechend gut bezahlt. Es dauerte einige Wochen, bis ich mich in meine neue Tätigkeit eingearbeitet hatte, doch Akkordarbeit war nicht mein Ziel. Der Skiunfall eines Schichtleiters kam mir dabei zugute und so übernahm ich als zweiter Mann bis zu dessen Rückkehr seine Position. Diese sollte ich am Ende auch behalten, denn bis zu diesem Zeitpunkt war die Auftragslage der Abteilung entsprechend gestiegen, sodass vorübergehend zusätzlich eine Nachtschicht eingeführt wurde. Ich hatte also das Vertrauen meines Abteilungsleiters erhalten und mir vorgenommen, dieses auch nicht zu enttäuschen. Ich verdiente in den folgenden Jahren durch die Schichtarbeit gutes Geld, konnte durch diese gefestigte Alltagssituation auch das Vertrauen und die Achtung gegenüber den Eltern meiner Freundin wieder festigen.

Nachdem wir uns nach längerem Überlegen und Abwägen dazu entschlossen hatten, unseren weiteren Lebensweg miteinander gestalten zu wollen, tauschte sie ihren Arbeitsplatz in München gegen eine neue Stelle in Donauwörth ein. Es wurden Pläne für ein gemeinsames Heim geschmiedet. Der Finanzplan dafür wurde gemeinsam mit den Banken erstellt und ließ sich auf Grund der Tatsache, dass das Baugrundstück in Familienbesitz war, auch sehr gut vertreten. Die Zeit der Bauphase war nicht sehr angenehm, da wir einiges an Eigenleistung zu erbringen hatten. Das hieß von meiner Seite her, entweder vormittags Baustelle und nachmittags Schichtarbeit, oder eben im wöchentlichen Wechsel Frühschicht und nachmittags bis manchmal spätabends auf den Bau. Aber auch diese Zeitspanne ging zu Ende, sodass wir circa ein Jahr später in unsere eigenen vier Wände, anfangs zweckmäßig ausgestattet, einziehen konnten.

Die kommenden Wochen als evangelischer Neubürger in einem katholischen Dorf, in welchem vor allem bei den älteren Bewohnern in Bezug auf die Konfessionszugehörigkeit noch die gewissen moralischen Bedenken zu Tage traten, brachten schon mal eine entsprechende Bemerkung hervor. So altbacken sich dieser Satz lesen mag, so empfand ich auch diese Argumente, wie man nur unverheiratet mit einem Evangelischen unter einem Dach leben kann. Da dies in erster Linie meine zukünftigen Schwiegereltern zu belasten schien, kam in dieser Zeit die Frage auf, ob man nicht endlich an eine Hochzeit denken würde. So entschloss ich mich innerhalb nur weniger Minuten dazu, meiner zukünftigen Frau den romantischten Antrag aller Zeiten zu formulieren, indem ich sagte: „Dann heiraten wir halt."

Nachdem wir uns darüber einig waren, dass es nun aber relativ zügig über die Bühne gehen sollte und wir unseren Entschluss in der Familie mitgeteilt hatten, war im ersten Moment die Reaktion doch eher überraschend, warum das denn jetzt auf einmal alles so schnell gehen sollte. Ich hatte das Gefühl, dass wir mit diesem Entschluss ein bisschen die ländliche Tradition ins Schleudern gebracht hatten. Mir war es ganz egal, ob wir nun katholisch, evangelisch oder ökumenisch getraut würden. Für mich persönlich war eines wichtig, nämlich einer dieser, in meinen Augen unsinnigen Traditionen aus dem Weg zu gehen. Es stellte sich heraus, dass das kirchliche Eheseminar erst kurz zuvor durchgeführt worden war und in der von uns geplanten kurzen Zeitspanne kein weiteres stattfinden würde. Wir ließen den Priester letztendlich in seinem guten Glauben, dies bei Gelegenheit nachzuholen.

*Für mich kam dies jedoch nicht infrage, denn wie sollte ein Mensch, der nicht heiraten darf und dazu noch im Zölibat leben muss, Sinn und Zweck sowie Verhaltensweisen in einer Ehe vermitteln. Diese Art der religiösen Glaubensvorschriften stellten in meinen Augen auch eine Fremdbestimmung dar, mit der ich mich nicht identifizieren konnte und auch nicht wollte.*

Dass ich trotz allem herzlich in der Familie meiner Frau angekommen war, zeigte unter anderem auch eine nette Geschichte, die zwischen uns und meinem Schwager stattgefunden hatte. Er meinte damals ganz salopp, dass derjenige, der seine Schwester einmal heiraten würde, von ihm eintausend Mark erhalten würde. Er stand wider ersten Erwartungen zu seinem Wort, indem er an der Hochzeitsfeier das Geld in bar auf den Tisch blätterte. Die Tatsache, dass ich mich nach der Feier körperlich nicht imstande sah, meine Frau über des Hauses Schwelle zu tragen, woran ich von ihr gelegentlich noch mit einem Augenzwinkern erinnert werde, hat unserer Ehe bis heute keinen Abbruch getan.

Knapp zwei Jahre nach unserer Hochzeit stand die Geburt unseres ersten Kindes kurz bevor. Drei Wochen vor dem erwarteten Geburtstermin unserer Tochter besuchte ich an Heilig Abend, wie schon mehrere Jahre davor, meine Eltern in Rain am Lech. Als ich dort am Vormittag ankam, erwartete mich mein Schwager an der Haustüre mit einer Nachricht, die ich zunächst nicht so recht glauben konnte. Traditionell feiern wir an diesem Tag die Geburt von Jesus Christus. Ich jedoch, wie wohl auch der Rest meiner Familie, musste mich an diesem Tag von meinem Vater verabschieden, der circa eine Stunde zuvor verstorben war. In der grausamen Ironie des Schicksals wurde er ausgerechnet an diesem Tag aus seinem Leben gerissen.

*Man kann jetzt an Esoterik glauben oder nicht, aber immer wieder gibt es Begebenheiten im Leben, in denen ein Mensch diese Welt verlassen muss, wenn ein anderer dabei ist, sie zu betreten. Dass ausgerechnet am voraussichtlichen Geburtstermin, dem 15. Januar 1991, die Resolution der Vereinten Nationen zur Befreiung Kuwaits im Golfkrieg verabschiedet wurde und nur einen Tag darauf der massive Luftkrieg des Bündnisses begann, löste auch bei uns zu Hause Sorgen vor der Zukunft aus.*

Fast sieben Jahre später kam dann unser zweites Kind zu Welt. Genau wie unsere Tochter ließ aber auch unser Sohn sich beinahe zwei Wochen länger Zeit, bevor er, wie zuvor auch schon seine Schwester, per Kaiserschnitt auf diese Welt geholt werden musste.

Hausbau, Familie gründen und Zwei- beziehungsweise Dreischichtbetrieb haben bei mir irgendwann ihre Spuren hinterlassen, sodass ich mich dazu entschlossen habe, noch einmal einen anderen Berufsweg einzuschlagen und mich dazu zwei Jahre auf die Schulbank zu setzen. In dieser Zeit erlebte ich auch gesundheitliche Höhen und Tiefen, die letztlich dazu führten, dass ich zu schreiben begann. Erlebnisse, Sorgen und Ängste verpackte ich in mehrere Kurzgeschichten und erfand dazu eine Fantasiefigur. Emmili erlebte, durchlebte diese Geschichten und war dabei diejenige, die mit ihrer Unterstützung stets ein gutes Ende hervorbrachte. So verarbeitete ich Dinge, über die ich nicht oder nur schwer mit anderen Menschen sprechen konnte.

Durch meinen neuen Beruf als Fachinformatiker blieb mir in den folgenden Jahren jedoch kaum Zeit, mich intensiver mit dem Schreiben zu befassen. Erst nach acht weiteren Jahren merkte ich, dass ich da anknüpfen musste, wo ich einst nicht weitermachen konnte. So entstanden nach und nach mehrere Lokalkrimis und das Geschichtenschreiben wurde zu meiner Berufung, die meine Familie in all den Jahren mitgetragen hat, da sie manches Mal doch sehr zeitintensiv war. Zeit, die insbesondere meine Frau mir ließ, was sicherlich nicht immer ganz einfach war. Doch auch wenn es kleinere und größere Differenzen gab, unsere Ehe hielt das aus, denn diese dauert immerhin schon mehr als vierunddreißig Jahre, was heutzutage wohl eher als Seltenheit anzutreffen ist.

*Meine Eltern waren auch verheiratet, bis dass der Tod sie geschieden hat. Nachdem ich erfahren hatte, wie diese beiden Menschen zueinandergefunden hatten, denke ich mir heute manchmal, dass es wohl für beide mehr eine Zweckgemeinschaft war. Gefühle füreinander waren für mich nie wirklich ersichtlich. Wirkliche Gemeinsamkeiten kann ich im Nachhinein auch nicht erkennen, abgesehen von ihrem Schrebergarten, den beide gerne bewirtschafteten. Ob dieser allerdings einen reellen Lebensinhalt darstellte, sei einmal dahingestellt. In der unmittelbaren Nachkriegszeit waren diese Paarkonstellationen keine Seltenheit. Ein Grund dafür waren sicherlich Verlust- und Verlassensängste und die Trauer über das, was hinter diesen Menschen lag. Die Hoffnung, mit einem Mann an der Seite diverse traumatisierende Ereignisse nicht noch einmal erleben zu müssen. Doch trauernd hatte ich meine Eltern nie erlebt. Mein Vater war eher der stillere Typ Mann, der während des Krieges als einfacher*

Arbeitersoldat vermutlich nur seine Pflichten erledigt hatte. Details über diese Zeit gab es von seiner Seite, jedenfalls mir gegenüber, bis auf das bereits Geschriebene nicht.

Wie es meiner Mutter ergangen sein musste, vermag ich nach einer Schilderung ihrerseits wohl nicht im Entferntesten zu begreifen. All das, was wir in unserer Schulzeit darüber gelernt haben, was wir in den darauffolgenden Jahren darüber gelesen haben, was zum Teil bis in die Gegenwart beinahe täglich durch Presse, Fernsehen oder Internet wachgehalten wird. Leider real Gewordenes, das kranken oder machthungrigen Gehirnen entsprungen war. Unsagbares Leid, das unzählige Leben vernichtet hatte, kann und darf natürlich nicht verleugnet werden. Dennoch hatte sich im Innersten meiner Mutter etwas manifestiert, das auch als unbegreiflich und grausam angesehen werden muss. Zweimal erlebte ich für sie wohl sehr emotionale Momente, in welchen all ihre Verbitterung zutage kam.

Wenn ich mich richtig erinnere, waren es Berichterstattungen, in denen wieder einmal die Schuld der Deutschen am zweiten Weltkrieg *mit all seinen grausamen Folgen dargestellt wurde. Diesen sich immer wiederholenden Anklagen stellte sich meine Mutter vehement entgegen. Beinahe wörtlich wiedergeben kann ich ihre Sätze. „Es wird immer nur darüber gesprochen, was die Deutschen mit den Juden gemacht haben. Dass die Russen im Gegenzug mit den Deutschen nicht besser umgegangen sind, davon hört man nie etwas. Dass man die Männer bei lebendigem Leib auf Bretter gebunden oder genagelt hat, sie anschließend auf die Ladeflächen von Lkws verfrachtet und fortgeschafft wurden und man keinen davon wiedergesehen hat, davon spricht keiner. "*

Kriege sind verachtenswert, grausam und die Folgen für alle Beteiligten, die in diese Schlachten geschickt werden, sind verheerend. Man kann sich vielleicht vorstellen, dass für die Menschen, die machtlos danebenstehen, oftmals gar selbst körperlich und seelisch in Mitleidenschaft gezogen werden, ein Trauma unausweichlich ist. Egal, auf welcher Seite des Krieges sie letztendlich standen. Die Heimat zu verlieren, aus dem Land, in dem man geboren wurde und aufgewachsen ist vertrieben zu werden in eine ungewisse Zukunft, dies kann nur eine logische Schlussfolgerung haben: Körperliche und seelische Narben, die niemals heilen. Trauer, Angst und stets vorgehaltene Schuldgefühle, die (oft unbewusst) an die nachfolgenden Generationen weitergegeben werden.

# Der Weg ist das Ziel

Diese Aussage, die dem chinesischen Philosophen Konfuzius zugesagt wird, trifft meine persönliche Planung wohl am ehesten. Insofern nämlich, einen Weg zu finden, mit dem unerwünschten Erbe meiner Eltern umzugehen. Im Laufe der vergangenen Monate wurde mir bewusst, dass es dafür in erster Linie eines braucht: Zuhörer!

Über dieses Erbe und die damit verbundene Last zu sprechen, ist ein erster Schritt auf dem Weg es zu verstehen. Diesen Schritt zu gehen, kostete mich eine enorme Überwindung, da ich zu diesem Zeitpunkt ja nur mit den Folgen dieser Erbschaft konfrontiert wurde. Diese Folgen, die mich mein ganzes bisheriges Leben begleiten, bekamen erst im Laufe des vergangenen Jahres den Bezug zu ihrer auslösenden Quelle, die mir anhand einer Therapie aufgezeigt wurde.

Symptome wie undefinierbare Ängste und nicht nachvollziehbare Schuldgefühle, die sich wiederum auf mehrere Bereiche des Alltags auswirken und dadurch permanent Einbußen der Lebensqualität zur Folge haben, können meiner Auffassung nach nur mit professioneller Hilfe aufgearbeitet werden. In welcher Form diese letztendlich stattfindet, muss jeder für sich selbst herausfinden. Ich habe mich in der letzten Zeit auf die Suche nach Selbsthilfegruppen begeben, nach Gleichgesinnten und Betroffenen gesucht. Dabei war ich verwundert, wie schnell man auf jemanden trifft, dem es genauso oder so ähnlich ergeht oder ergangen ist. Man findet Literatur und auch die Möglichkeit, sich einem Netzwerk anzuschließen. Für mich persönlich ist jedoch ausschlaggebend, dass ich einen direkten Kontakt herstellen kann, einem Menschen gegenübersitzen, der nachvollziehen kann, was in mir vorging und noch immer vorgeht. Leider ist es aus Zeitgründen und oft wegen zu großer Entfernung meist nicht möglich, einen solchen Kontakt aufzubauen und auch aufrecht zu erhalten.

Nachdem ich mein, dann siebenundvierzig Jahre dauerndes Arbeitsleben voraussichtlich im nächsten Jahr beenden werde, kann ich mir durchaus vorstellen, selbst in Richtung einer

Gesprächsgruppe aktiv zu werden. Denn mir ist bewusst geworden, dass man für sich alleine, wenn überhaupt, nur sehr schwer mit den Erbfolgen der Kriegskinder leben kann.

Solange es auch heute noch überall auf dieser Welt Kriege gibt, sei es auf dem afrikanischen Kontinent oder bei uns in Europa, um nur zwei aktuelle Brennpunkte zu nennen, wird es auch immer Kriegskinder geben. Flüchtlingsströme auf den Straßen, Vertriebene, die oft nur mit dem Allernötigsten ihre Heimat verlassen müssen. Diese Kriegskinder werden auch weiterhin Kriegsenkel zur Welt bringen, die in Folge dieses Geschehens von traumatisierten Eltern erzogen werden und dabei oftmals nicht wissen, weshalb sie sich anders sehen als andere und worauf dies zurückzuführen sein könnte. Die sich meist nur innerhalb ihrer vertrauten Umgebung sicher fühlen, da sie nicht mit dem vermeintlich Ungewissen umgehen können und vielleicht gut gemeinte Ratschläge als Fremdbestimmung ansehen.

Einige von ihnen werden träumen, Verlustängste, Verlassensängste oder auch nicht immer nachvollziehbare Schuldgefühle werden sie durch ihr Leben begleiten, solange sie nicht lernen zu verstehen.

So manches negative Erlebnis, das mich in meiner Erziehung geprägt hat, kann ich inzwischen verstehen, doch nicht alles was ich verstehe, kann ich auch verzeihen. Dennoch bin ich auf meinen nächsten Lebensabschnitt gespannt und neugierig darauf, was die Zukunft für mich noch bereithält.

# Epilog

Der Mensch hat unterschiedliche Möglichkeiten, seine Gefühle zu äußern. Malen: Das Spiel mit den Farben, um beispielsweise seine Ängste und Empfindungen in Bildern darzustellen. Aber auch die Musik, wobei mit sanften Klängen, oder lauten und aggressiven Tönen Stimmungen in die Welt getragen werden können. Das Schreiben habe ich für mich entdeckt, da es mir die Möglichkeit gibt, Gefühle und Fantasien auszudrücken, die ich auf diesem Weg am besten mitteilen kann.

Günter Schäfer

Tod
auf
dem
Daniel

296 Seiten        11,90 €
ISBN-13:        9783746014555

208 Seiten     12,90 €
ISBN-13:       978-3837054163

Günter Schäfer

# Endstation
# Alte Bastei

| 204 Seiten | 12,50 € |
|---|---|
| ISBN-13: | 978-3848225644 |

Günter Schäfer

# Unser Lehrer hat 'nen Vogel !

Eine Kriminalgeschichte aus Nördlingen

136 Seiten       8,90 €

ISBN-13:       978-3842384118

160 Seiten        9,90 €
ISBN-13:        978-3831149100

Günter Schäfer

# DER HENKER
## von Nördlingen

**Ein Krimi aus der Riesmetropole**

228 Seiten     9,90 €
ISBN-13:     9783738650006

Ein Donau-Ries-Krimi

von Günter Schäfer

220 Seiten          9,90 €
ISBN-13:          9783743192447

Günter Schäfer

Die Tote
vom Mangoldfelsen

Ein Donau-Ries Krimi

208 Seiten     9,90 €
ISBN-13:      9783750408906

Die Nördlinger

Krimi-Trilogie

Tod auf dem Daniel

Endstation Alte Bastei

Der Henker von Nördlingen

Günter Schäfer

548 Seiten        22,50 €
ISBN-13:        9783738650181